KB034075

비
용
의

아
내

일러두기

1. 본문의 팔호는 원저자의 보충 설명이며, 각주는 모두 옮긴이 주다.
2. 신문과 잡지 제목은 《 》로, 음악과 미술 작품 제목은 〈 〉로, 단행본과 장편 제목은
「」로, 시와 단편 제목은 「」로 묶었다.

비용의 아내

다자이 오사무 단편선

안민희 옮김

ヴィヨンの妻

북노마드

차례

비용의 아내

1947

ヴィヨンの妻

1.

다급하게 현관문을 여는 소리가 들려 눈을 떴는
데, 남편이 늦은 밤 만취해서 귀가했다는 의미이므
로 그냥 조용히 누워 있었습니다.

남편은 옆방에서 불을 켜고 헉헉, 하고 심하게 거
친 숨을 뱉으며 책상과 책장 서랍을 열면서 뭔가를
찾는 듯했습니다. 이윽고 털썩, 하고 바닥에 주저앉
는 소리가 들렸습니다. 그 후로는 그저 헉헉대는 거
친 숨소리만 들리기에 무슨 일인가 싶어서 저는 누
운 채로 "왔어요? 저녁은 먹었어요? 찬장에 주먹밥
있어요" 하고 말했습니다. 그러자 남편은 "어, 고마
워" 하고 전에 없던 상냥한 말투로 대답하더니 "아
이는? 열은 좀 어때?" 하고 묻는 겁니다.

이 또한 흔치 않은 일이었습니다. 아들은 내년에
네 살이 되는데, 영양부족 탓인지, 아니면 아버지

의 술독 탓인지, 몸이 아픈 탓인지 이웃집 두 살짜리 아이보다도 몸집이 작았고, 걸음걸이도 영 불안했습니다. 말도 '맘마' 아니면 '싫어' 정도가 고작이라 발달이 좀 늦은 것 아닌가 싶었습니다. 한번은 아이를 목욕탕에 데려가서 옷을 벗기고 양손으로 들어봤는데 너무나도 작고 말라서 속이 상한 탓에 사람들 앞에서 펑펑 울었던 적도 있습니다. 아이는 자주 배탈이 나고 열이 올랐는데 남편은 집에 붙어 있는 적이 거의 없었습니다. 자식을 뭐라고 생각하는 건지 애가 열이 난다고 말해도 '아, 그래? 병원에 데려가 봐' 하고는 서둘러 겉옷을 챙겨 입고 어딘가로 나가곤 했습니다. 병원에 가고 싶어도 돈이 있어야 말이죠. 저는 아이 옆에 누워 머리를 가만히 쓰다듬어주는 것밖에 할 수 없었습니다.

그런데 그날 밤은 무슨 영문인지 갑자기 아이에게 관심을 보이며 열은 어떻느냐는 둥 안 하던 소리를 하는 것이었습니다. 저는 기쁘기보다도 뭔가 무서운 예감이 들어서 등골이 오싹해져 차마 대답하지 못했습니다. 잠시 남편의 거친 숨소리만 들려오

는 상황이었는데,

"계세요?"

하고 어떤 여자의 가느다란 목소리가 현관에서 들려왔습니다. 누군가 전신에 찬물을 들이부은 듯 소름이 끼쳤습니다.

"계세요? 오타니 씨!"

이번에는 소리가 조금 더 날카로워졌습니다. 동시에 현관문이 열리는 소리가 들리더니,

"오타니 씨, 안에 계시죠?"

누가 봐도 화가 난 목소리가 들려왔습니다.

남편은 그제야 현관에 나가며,

"뭐, 뭐요?"

하고 상당히 겁을 먹은 듯 얼빠진 목소리로 대답하더군요.

"뭐긴 뭐겠어요." 여자는 목소리를 낮추더니 "이런 제대로 된 집도 있으면서 도둑질을 한 거예요? 재수 없는 소리는 집어치우고, 그거 돌려주세요. 안 그러면 경찰을 부를 거예요."

"무슨 소리야! 무례하기 짝이 없군. 여기는 네놈

들이 올 곳이 아니야, 돌아가! 경찰은 내가 불러주지."

그때 또 다른 남자의 목소리가 들려왔습니다.

"선생님, 제법 간이 크시군요. 네놈들이 올 곳이 아니라고요? 내 참, 말이 안 나오네. 다른 일도 아니고 남의 돈을 그렇게 해놓고? 여봐요, 농담도 정도가 있는 법이요. 지금까지도 우리 부부가 당신 때문에 얼마나 고생했는지 모르고 하는 소리입니까? 그런데도 오늘 밤처럼 한심한 짓을 저지르다니요, 선생님, 제가 사람을 한참 잘못 봤나봅니다."

"지금 협박하는 거요?" 남편은 한껏 목소리를 높였지만, 그 음성은 떨리고 있었습니다. "공갈하는 거야? 당장 나가! 불만 있으면 내일 얘기하시오!"

"큰일 날 소리를 하시네요, 선생님. 이제 완전히 악당이 다 되셨습니다. 그러면 진짜 경찰을 부를 수밖에 없겠군요."

그 목소리의 울림에는 전신에 소름이 돋을 만큼 엄청난 분노가 담겨 있었습니다.

"맘대로 해!" 하고 소리치는 남편의 목소리는 이

미 고조되어 있었고, 공허한 느낌이 들었습니다.

저는 이부자리에서 일어나 잠옷 위에 외투를 걸치고 현관으로 가서 두 손님에게,

"안녕하세요" 인사했습니다.

"아아, 사모님이신가요?"

무릎까지 오는 짧은 외투를 입은 동그란 얼굴의 남자가 웃지도 않고 저를 향해 살짝 고개를 숙이며 인사했습니다. 쉰을 조금 넘긴 듯 보였습니다.

여자는 마흔 전후로 보였는데 체구가 작고 몸가짐이 단정한 사람이었습니다.

"죄송해요, 늦은 시간에."

여자 역시 전혀 웃음기 없는 얼굴로 숄을 내리고 저에게 인사했습니다.

그때 갑자기 남편이 다급히 신발을 신고 밖으로 나가려고 했습니다.

"어허, 어딜 가시려고!"

남자는 남편의 한쪽 팔을 붙들었고, 두 사람은 순간 몸싸움을 벌였습니다.

"놔! 찌르는 수가 있어!"

남편의 오른손에서 잭나이프가 반짝였습니다. 그 나이프는 남편이 매우 아끼는 물건인데, 제 기억엔 분명 남편의 책상 서랍 속에 있었습니다. 그렇다면 아까 집에 오자마자 서랍을 뒤지며 소란을 피웠던 것은 이런 일이 일어날 줄 예상하고 나이프를 찾은 것이고, 품속에 넣어놨다는 뜻이겠지요.

남자는 뒤로 물러났습니다. 그 틈에 남편은 큰 까마귀처럼 두 겹 소매를 펄럭이더니 바깥으로 뛰어나갔습니다.

"도둑놈아!"

남자가 크게 소리치며 뒤따라 나가려고 했을 때 제가 맨발로 뛰쳐나가 남자를 붙잡았습니다.

"진정하세요, 아무도 다치면 안 돼요. 제가 잘 처리하겠습니다"

하고 말씀드렸더니 옆에 있던 여자도,

"그래요, 여보. 미치광이가 칼을 들었잖아요, 무슨 짓을 할지 몰라요"라고 말했습니다.

"빌어먹을! 경찰서에 가야겠어. 더는 못 참겠어."

멍하니 바깥의 어둠을 응시하며 혼잣말처럼 중얼

거리는 남자의 몸에서 힘이 빠져나간 것이 느껴졌습니다.

"죄송합니다. 괜찮으시면 안에 들어와서 자초지종을 들려주실 수 있을까요?"

하고 저는 현관 마루에서 몸을 숙였습니다.

"혹시 제가 처리할 수 있는 일이 있을지도 모르니, 들어와서 말씀해주세요. 집이 좀 지저분하긴 하지만……."

두 손님은 얼굴을 마주 보고 천천히 고개를 끄덕였고 남자가 자세를 고쳐 잡았습니다.

"무슨 말씀을 하시든 저희 결심은 변하지 않을 겁니다. 하지만 무슨 일이 있었는지는 일단 사모님께 말씀드리기로 하지요."

"네, 들어오세요. 천천히 말씀해주세요."

"아뇨, 천천히 할 일은 아닙니다."

남자는 외투를 벗었습니다.

"외투는 입으시는 게 좋겠어요. 날씨가 추우니까요. 입어야 할 것 같아요. 집 안에 온기가 전혀 없거든요."

"아, 그럼 그냥 들어가겠습니다."

"네, 아주머님도 들어오세요. 외투는 입으시고요."

남자가 먼저, 그리고 여자가 뒤따라서 남편의 방으로 들어갔습니다. 썩어들어가고 있는 바닥, 성한 곳이 없는 장지문, 무너져 내린 벽, 종이가 떨어져 나와 뼈대가 보이는 맹장지문, 한쪽 구석에 놓인 책상과 책 보관함, 그러나 텅 빈 보관함…… 황량한 방 풍경을 보고 두 손님은 놀란 모습이었습니다.

찢어진 틈으로 솜이 삐져나온 방석을 두 사람에게 건네며,

"바닥이 조금 지저분해서요, 방석이 낡았지만 여기 앉으세요."

저는 두 사람에게 다시 인사를 드렸습니다.

"처음 뵙는 거죠? 남편이 그동안 엄청난 민폐를 끼친 모양인데, 조금 전에는 도대체 왜 그런 무서운 물건을 휘두른 건지…… 뭐라 드릴 말씀이 없네요. 도통 종잡을 수 없는 사람이라……."

그만 말문이 막히고 눈물이 떨어졌습니다.

"사모님, 실례지만 나이가 어떻게 되시는지요?"

남자는 찢어진 방석에 개의치 않고 책상다리를 하고 앉아 팔꿈치를 무릎에 세우고 주먹으로 턱을 받친 자세로 상반신을 앞으로 내밀며 저에게 물었습니다.

"아, 저 말씀이세요?"

"네. 남편이 서른이었죠?"

"아아, 저는, 어…… 네 살 아래예요."

"그러면 스물여섯인가요? 너무하군요. 아직 여섯이라고요? 아, 맞죠. 남편이 서른이면 여섯인 게 당연한데 놀랍군요."

"저도 실은 조금 전부터……" 여자는 남자의 등 뒤에서 얼굴을 내밀며 "감탄하게 되네요. 이런 훌륭한 사모님이 있는데 저 양반은 왜……."

"저건 병이야, 병. 예전에는 저 정도는 아니었는데 점점 심해지는군"

하며 큰 한숨을 내쉬었습니다.

"사모님, 실은 말입니다." 남자는 목소리를 가다듬고는 "우리 부부는 나카노中野 역 근처에서 작은 식당을 운영하고 있어요. 저도 이 사람도 조슈上州 출신이고요. 제가 이래 뵈어도 건실한 장사꾼이었는데 한탕 기질 같은 게 있다고 할까요? 시골 사람들 상대로 쩨쩨하게 장사하는 게 싫증이 나서 어쩌다 20년 전에 아내와 도쿄로 왔고, 아사쿠사浅草에 있는 어느 식당에 함께 들어가 고용살이를 시작했지요. 뭐, 남들만큼 부침을 겪으며 노력해서 조금 돈을 모았고요. 지금은 나카노 역 근처에 1936년이었나? 방 한 칸에 좁은 현관이 딸린 작은 건물에 세를 들어서 한번 오면 고작 몇 엔 쓰는 손님을 상대하는 하찮은 음식점을 열었습니다. 그래도 우리 부부는 사치도 하지 않고 열심히 일해왔습니다. 덕분에 소주나 진 같은 술도 비교적 대량으로 쌓아놓고 장사를 할 수 있게 되었고, 술 부족 시대°가 왔을 때도 다른 음식점들처럼 전업하는 일 없이 그럭저럭 열심히 장사를 이어갔고, 또 그러다 보니 단골손님도 열심히 응원해주시고, 군관 나리들이나 드신

○   1937년에 중일전쟁이 시작되면서 식량 부족 사태가 발생했고, 쌀 이용에 제한이 생기며 술 생산량이 줄어들었다.

다는 술과 안주를 조금씩 갖다 팔 수 있는 길을 열어주신 분도 있었지요. 그러다 태평양전쟁이 시작되고 공습이 심해졌지만, 저희는 발목을 잡는 아이가 있는 것도 아니고, 고향에 피난 갈 마음도 없어서 '그래, 지금 사는 집이 불타 사라질 때까지는 있어보자' 싶어 오로지 장사에만 매달렸습니다. 다행히도 저희는 큰 피해 없이 전쟁이 끝났고, 이제는 공공연하게 밀주를 들여다 파는, 뭐 간단히 말하자면 그런 인생을 살아왔습니다. 이렇게 짧게 말하고 보면 그렇게 엄청난 어려움도 없었고 의외로 운 좋게 살아왔구나, 생각하실 수 있지만 말입니다. 인간의 일생 자체가 지옥이라서 촌선척마寸善尺魔라고 하던가요? 한 뼘의 행복에는 반드시 한 척의 마귀가 따라붙더군요. 인간이 365일 중에 걱정이 없는 날이 하루라도, 아니 반나절만 있어도 참 행복할 텐데요. 사모님 남편인 오타니 씨가 처음 저희 가게에 온 건 1944년 봄이었는지 그랬는데, 그때만 해도 태평양전쟁에서 질 것 같지 않았고, 아니지, 그때는 서서히 패배하고 있었는지도 모르겠네요. 저희는 그런 실체라고 해야 하나요? 진상이라고 하는 게 좋을까요? 사실 그런 건 잘 몰라서 이삼 년 버티면 어떻게든 대등한 자격을 갖추고 화합할 걸로만 알았죠. 아무튼 오타니 씨가 우리 가게에 나타났을 때도 분명 남색 무명옷에 케이프가 달린 외투를 입고 있었던 것 같은데…… 뭐 그즈음에는 비단 오타니 씨뿐만 아니라 도쿄에서도 방공복을 입고 돌아다니는 사람은 얼마 없었고 대부분 평상복으로 편안하게 외출하는 시기였으니까, 저희도 딱히 그때 오타니 씨의 옷차림을 이상하다고 생각하지는 않았습니다. 그때 오타니 씨는 혼자가 아니었죠. 사모님 앞이라 좀 죄송하지만, 아니지, 이제 숨기지 말고 낱낱이 말씀드리죠. 남편께서 어느 중년 여성한테 이끌려 가게 뒷문으로 조용히 들어오는 겁니다. 그때 저희 가게도 매일 바깥문은 닫아놓고 시쳇말로 개점휴업開店休業이라고 해서 정말 몇 없는 단골손님만 뒷문으로 몰래 받았는데, 테이블에서 술을 마시는 경우는 거의 없고, 안쪽 방에서 불을 어둡게 해놓고 소곤거리면서 은밀하게 취할 때까지 술을 마시게

하는 영업을 했죠. 그런데 그 중년 여성이 그전에만
해도 신주쿠新宿 어느 바에서 호스티스를 했던 사람
인데, 호스티스 시절에 돈을 잘 쓰는 손님을 우리
가게로 데려와서 술을 먹이고 단골손님으로 만들어
줬죠. 어차피 동업자이니까 그런 식으로 장사를 했
습니다. 그 여자가 사는 집이 가게 근처였는데, 신
주쿠 바가 문을 닫으면서 호스티스를 그만둔 다음
부터는 조금씩 아는 남자들을 데리고 왔지요. 저
희 가게에도 점점 술이 떨어지니까 아무리 돈을 잘
쓰는 손님이라고 해도 마시는 사람이 늘어난다는
건 예전만큼 고맙지 않을뿐더러 귀찮기까지 했지
만, 그래도 사오 년 동안 손이 큰 손님만 잔뜩 데려
와준 의리가 있으니 호스티스가 소개해준 손님한
테는 저희도 싫은 얼굴 하지 않고 술을 대접했었죠.
그래서 남편께서 그때 그 호스티스, 이름은 아키인
데, 아키한테 이끌려 뒷문으로 조용히 들어왔을 때
도 이상하게 생각하지 않고, 늘 그랬던 것처럼 안쪽
작은방으로 들어서 소주를 대접했지요. 오타니 씨
는 그날 밤은 얌전히 마시고 계산은 아키에게 맡기

더니 뒷문으로 둘이서 같이 돌아가더군요. 저는 이상하게 그날 밤 오타니 씨의 묘하고 조용하고 얌전한 태도를 잊을 수 없어요. 마귀가 사람 앞에 처음 모습을 드러낼 때 그렇게 조용하고 순진한 모습으로 찾아오는 걸까요? 그날 밤부터 저희 부부는 오타니 씨에게 엮이고 말았죠. 열흘 정도 지나고, 이번엔 오타니 씨가 혼자 뒷문으로 들어오더니 갑자기 백 엔짜리 지폐를 한 장 내밀고는, 아니, 그때는 백 엔이 큰돈이었거든요. 지금의 이삼천 엔, 그 이상 되는 큰돈이었죠. 그걸 억지로 제 손에 쥐어주더니 '잘 부탁한다'면서 사람 마음 약해지게 살살 웃지 뭡니까. 이미 제법 드시고 온 모양이었는데, 아무튼 사모님도 아시겠지만 저는 그렇게 술이 센 사람은 본 적이 없어요. 취했나 싶으면 금방 정색하고는 말도 또박또박 잘하고 아무리 마셔도 다리가 휘청거리는 걸 보이는 법이 없거든요. 사람 나이가 서른이면 한창 혈기 왕성해서 술도 잘 마실 때지만 그 정도로 마시긴 쉽지 않아요. 그날 밤도 어디 다른 곳에서 제법 마시고 온 것 같은데 저희 가게에서 소주

열 잔을 연속으로 마시고 말도 거의 안 하더라고요. 저희 부부가 말을 걸어도 그냥 쑥스러운 듯이 웃으면서 '네, 네' 하고 대충 고개를 끄덕이더니 갑자기 '몇 시죠?' 하고 시간을 묻고 일어서는 겁니다. 제가 '잔돈 가져가셔야죠' 했더니 '아니, 됐소' 하더군요. 제가 '그러시면 안 된다'고 강하게 말했더니 생긋 웃으면서 그러면 '다음에 와서 마실 테니 달아두세요, 또 오겠습니다' 하고 가더군요. 사모님. 저희가 그 양반에게 돈을 받은 건 그 후로도 이때 딱 한 번이었습니다. 그다음부터는 뭐 이러쿵저러쿵 변명을 늘어놓으면서 3년 동안 돈 한 푼도 내지 않고 가게의 술을 거의 혼자서 먹어치웠으니, 제가 어이없는 게 당연하지 않나요?"

저는 생각지 못하게 여기서 웃음을 터뜨리고 말았습니다. 이유를 알 수 없지만 웃음을 참을 수 없었습니다. 서둘러 입을 틀어막고 아주머님 눈치를 살폈는데, 아주머님도 살짝 웃으며 고개를 푹 숙였습니다. 사장님도 별수 없다는 듯 쓴웃음을 지으며,

"아니, 이게 절대 웃을 일이 아니에요. 너무 기가

막혀서 웃음도 안 나옵니다. 사실 그 정도의 수완을 다른 제대로 된 방향으로 썼다면 장관도 될 수 있고 박사든 뭐든 됐을 겁니다. 저희 부부뿐만이 아니고, 그 사람한테 걸려서 빈털터리가 되어 이 차가운 하늘 아래 울고 있는 사람이 얼마나 많은지 아세요? 실제로 그 아키라는 호스티스도 오타니 씨랑 알고 지냈다는 이유 하나만으로 좋은 후원자들이 다 떠나갔지, 돈도 옷도 다 잃었지, 지금은 작고 지저분한 방 한 칸에서 거지처럼 살고 있다지 뭡니까. 아키가 오타니 씨를 처음 알았을 때는 한심할 정도로 푹 빠져서는 우리한테도 얼마나 이야기했었는데요. 일단 신분이 대단하대요. 시코쿠四国 지역의 어느 영주 가문 별가의 오타니 남작의 차남인데, 행실이 좋지 못해 의절 당했지만, 남작이 죽으면 장남하고 둘이 재산을 나눠 가지게 되어 있다, 머리가 좋은데, 타고난 천재 같은 거다, 스물한 살 때 책을 썼는데 그게 이시카와 다쿠보쿠石川啄木라는 천재 시인이 쓴 책보다 훨씬 좋다더라, 그리고 또 열 몇 권의 책을 썼는데 나이는 어려도 일본에서 제일가는 시인이라

는 겁니다. 그뿐입니까? 엄청난 학자이자 가쿠슈인
学習院°에서 제일고등학교, 제국대학°°까지 엘리트
코스로 공부해서 독일어, 프랑스어를 할 줄 안다나
뭐라나. 아키 말만 들으면 무슨 신이 따로 없는데,
그게 또 전부 거짓말 같지는 않았어요. 다른 사람
한테도 오타니 남작의 차남이고 유명한 시인이라
는 소리는 들었거든요. 그래서 우리 마누라까지 철
딱서니 없게 아키와 경쟁하듯이 빠져들어서는, 역
시 귀한 집안에서 자란 사람은 뭐가 달라도 다르다
면서 우리 가게에 오시기만을 기다리고 있지 뭡니
까. 기가 막히죠. 요새야 뭐 화족이고 뭐고 있겠느
냐만, 종전 전까지는 여자를 유혹하려면 암튼 이 화
족 집안과 연을 끊고 나온 아들만한 것이 없었던 모
양입니다. 여자들은 그 소리를 들으면 눈이 확 뜨
이는 모양이죠? 이게 요새 흔히 말하는 노예근성이
라는 것이겠죠. 저야 남자에다가 닳고 닳은 놈이니,
고작 화족, 사모님 앞에서 이런 말씀 드려 죄송하지

○   원래 황족 및 화족 전용으로 설립되었던 국립학교. 1947년 이후 사
립학교로 전환되었다.
○ ○   도쿄대학의 전신

만, 지방에 사는 영주 별가에다 심지어 차남인데 그쯤 되면 딱히 우리랑 신분 차이가 있겠나 싶고, 그렇게 한심한 꼴에 속아 넘어갈 리가 없지요. 그래도 그 선생님은 좀 어려운 부분이 있었어요. 다음에는 아무리 부탁해도 술을 주지 말아야지 굳게 결심하는데도 어디 쫓겨 다니는 사람처럼 예상치 못한 시간에 훌쩍 나타나서는 우리 가게에 들어오고 나서야 한숨 돌리는 듯한 모습을 보고 있으면 저도 모르게 굳은 결심이 풀어져서 술을 내주게 되더군요. 술에 취해서 끔찍한 소란을 피우는 것도 아니고, 돈만 제대로 내면 참 좋은 손님이란 말입니다. 자기 신분을 내세우는 사람도 아니고, 천재니 뭐니 그런 멍청한 자랑을 늘어놓는 법도 없고, 아키가 그 선생 옆에 붙어서 우리한테 이 사람이 얼마나 대단한지 아느냐고 광고를 해대면 '나는 돈이 필요하다, 여기 외상을 갚아야 한다'고 전혀 다른 이야기를 하면서 분위기를 돌렸거든요. 그 사람이 우리한테 지금까지 술값을 낸 적은 없었지만, 대신 아키가 가끔 돈을 내주기도 했고, 아키한테 들키면 안 될 만한 다른 여자도 있었는데, 그 여자도 어디 사모님인지 모르겠지만 가끔 오타니 씨랑 함께 와서 외상값을 물어주기도 했거든요. 저희도 장사꾼이니까 그런 일이라도 없으면 오타니 선생님이 아니라 임금님이 온다 한들 계속 공짜 술을 내어주진 않았을 겁니다. 하지만 그렇게 조금씩 받는 돈도 그동안의 외상값이 다 처리될 정도는 아닌지라 우리도 손해가 엄청난 터에, 고가네이小金井에 선생님 집이 있고 거기에 사모님도 계시다는 이야기를 들었지 뭡니까. 그래서 한번 그쪽에 가서 외상값 이야기를 해야겠다, 싶어서 오타니 씨한테 집은 어느 쪽이냐고 물어본 적도 있었는데, 또 눈치는 빨라서 없는 건 없는 거다, 왜 그런 일로 신경을 쓰느냐, 싸우고 헤어지면 손해라느니 뭐니 미운 소리를 해대지 뭡니까. 저희도 선생님 집만이라도 어떻게든 좀 알아두려고 두세 번 미행한 적도 있었는데 그때마다 번번이 놓쳤습니다. 그러던 중 도쿄에 대공습이 이어진 시기에 오타니 씨가 전투병 모자를 쓰고 뛰어 들어와서는 허락도 없이 창고 안에서 브랜디 병을 꺼내서는 선 채로 꿀꺽꿀꺽 다 마시고 바람처럼 사라져버린 일도 있었죠. 돈은 당연히 안 냈습니다. 그러다 전쟁이 끝나면서 저희도 공공연하게 밀주를 들여오고 간판도 새로 내걸었죠. 허름한 가게라도 제대로 해보려고 예쁜 아가씨 한 명을 고용했는데, (또) 그 마귀 같은 선생님이 또 나타났지 뭡니까. 그때부터는 여자를 데려오는 게 아니라 꼭 신문기자나 잡지기자를 두세 명씩 끌고 오더군요. 그 기자들 이야기로는 이제는 군인들이 몰락하고 지금까지 가난했던 시인들이 세상에 나오는 시대가 되었다나 뭐라나요. 오타니 선생님은 그 기자들한테 외국인 이름이며 영어며 철학이며 뭔지 알 수 없는 이상한 이야기를 들려주다가 갑자기 일어나서 밖으로 나가면 돌아오지 않았죠. 기자들은 흥이 깨진 얼굴로 '저놈은 어딜 간 거지' '우리도 슬슬 갈까' 하면서 집에 갈 채비를 하면 저는 '잠깐만요, 선생님은 늘 저런 수법으로 도망칩니다. 계산은 당신들이 하시지요' 말하지요. 순순히 다 같이 나눠 내는 사람들도 있지만, '오타니가 내야지! 우리는 하루에 겨우 오백 엔으로 먹고산다고!'라며 화를 내는 사람도 있었습니다. 그렇게 화를 내는 사람이 있으면 저는 '오타니 씨 외상이 지금까지 얼마나 되는지 아세요? 만약 당신들이 몇 엔이라도 그 빚을 오타니 씨한테 받아주시기만 한다면 제가 그 절반을 드리겠습니다' 하고 말했죠. 기자들은 황당한 표정으로 오타니가 그렇게 이상한 놈인 줄 몰랐다, 앞으로는 그놈과 술을 마시지 않겠다, 그러나 오늘 우리는 백 엔도 없다, 내일 가지고 올 테니 이걸 맡아달라고 하면서 당당하게 외투를 벗어두고 가거나 한답니다. 기자라는 족속은 상대할 게 못 된다고들 하던데 오타니 씨에 비하면 훨씬 정직하고 시원시원하더군요. 오타니 씨가 남작 둘째 아들이라면 기자들은 공작 첫째 아들 정도의 가치가 있어요. 오타니 씨는 전쟁이 끝난 뒤부터 주량이 더 늘어나더니 인상도 험해지고, 지금까지는 입에 담지 않았던 저질스러운 농담도 지껄이고, 데려온 기자들을 갑자기 때려서 치고받고 싸우질 않나, 또 저희 가게에서 일하는 아직 스물도 안 된 아가씨를 도대체 어느 틈에 꼬드겼는지 저희도 정말 놀랐고 당황했는데요, 이미 아가씨와 하룻밤을 보냈더군요. 정말 어쩔 수 없이 아가씨를 잘 타일러서 몰래 부모님 댁으로 돌려보내야 했죠. 한 번은 '오타니 씨, 이제 아무 말 안 하겠습니다. 제발 부탁이니 우리 가게에 더는 오지 마세요'라고 말씀 드렸더니 밀주 팔아 장사하는 주제에 어디 당당하게 그런 소리를 하냐며, 나는 다 알고 있다며 고약한 협박을 하고는 다음 날 밤 뻔뻔하게 또 찾아오더군요.

저희도 전쟁 때부터 밀주 장사를 해온 벌로 이런 괴물 같은 인간을 감수해야 하는지도 모르지만, 오늘 밤처럼 끔찍한 일을 겪어서야 시인이고 선생님이고 알 게 뭡니까, 저건 그냥 도둑이에요. 저희 돈 오천 엔을 훔쳐 달아났단 말입니다. 이제 저희도 술 매입에 돈이 많이 들기 때문에 집에는 고작해야 오백 엔에서 천 엔 정도의 현금이 있는 게 전부고요, 솔직히 말해서 술을 팔아 들어온 돈을 술을 들여오느라 다 써야 하거든요. 오늘 밤 저희 집에 오천 엔이라는 큰돈이 있었던 이유는 이제 연말도 다가오고, 단골손님들 집을 돌아다니면서 밀린 계산을 한 덕분에 겨우 그만큼 돈이 모였던 것이지요. 오늘 밤 당장 도매상에 주지 않으면 내년 첫날부터 장사를 이어갈 수 없을 정도로 귀한 돈이에요. 저 양반이 혼자 술을 마시다가 마누라가 안쪽 방에서 계산을 마치고 선반 서랍장에 돈을 넣어두는 모습을 보기라도 했는지, 갑자기 일어나서 성큼성큼 방 안으로 들어오더니 아무 말 없이 마누라를 밀쳐내고 서랍을 열어 오천 엔 다발을 움켜쥐고 주머니에 쑤셔 넣고는 우리가 놀라서 잠시 넋이 나간 사이에 방을 나와서 가게를 빠져나갔습니다. 저는 크게 소리치면서 아내와 함께 오타니 씨의 뒤를 쫓았습니다. 이왕 이렇게 된 거 "도둑이야!" 소리를 질러서 주변 사람들한테 도움을 요청할까 싶기도 했지만, 그래도 알고 지내던 사이인데 그건 너무 비참하겠다 싶어서 관뒀고, 오늘 밤은 무슨 일이 있어도 오타니 씨를 놓치지 않겠다는 일념으로 뒤를 쫓아서 어디로 들어가는지 가만히 지켜보다가 원만하게 이야기를 하고, 돈을 돌려받아야겠다고 했던 겁니다. 저희는 그

저 약한 입장의 장사꾼이에요. 부부가 힘을 합쳐서 힘겹게 오늘 밤 이 집까지 찾아내고, 참기 힘든 감정을 잘 억누르면서 돈을 돌려달라고 조용히 말씀드린 것뿐인데 이게 무슨 일이란 말입니까? 칼이라니요? 칼로 찌른다고 하다니, 이게 무슨 일이냔 말입니까."

또다시 이유를 알 수 없이 웃음이 터져 나와 저는 그만 소리를 내어 웃고 말았습니다. 아주머님도 얼굴을 붉히며 살짝 웃더군요. 좀처럼 웃음이 멈추지 않아 사장님께 죄송한 마음도 들었지만, 너무 우스워서 계속 웃다가 눈물이 나왔습니다. 남편이 쓴 시 중에 '폭소는 문명의 열매'라는 것이 이런 걸까, 하는 생각이 들었습니다.

2.

아무튼, 그렇게 크게 웃고 끝날 사건이 아니었기 때문에 저도 고민하다가 그날 밤 두 분에게 제가 어떻게 해서든 마무리를 지을 테니 경찰에 신고하는 것은 하루만 더 기다려달라고, 내일 가게로 제가 찾아뵙겠다고 말씀드리고 나카노의 가게 위치를 자세히 물어보고 가까스로 두 분의 허락을 받았습니다. 부부는 그날 밤은 일단 집으로 돌아갔습니다. 추운 방 한가운데에 홀로 앉아 가만히 생각해봤지만, 딱히 좋은 방법이 떠오르지 않았기에 일어나서 겉옷을 벗고 아들이 잠든 이불 속으로 파고들어 아들의 머리를 쓰다듬으며 이대로 영원히 밤이 끝나지 않기를 바랐습니다.

제 아버지는 예전에 아사쿠사 공원의 효탄이케 瓢箪池 연못 근처에서 포장마차를 하며 어묵을 팔았습니다. 어머니가 일찍 돌아가시는 바람에 아버지와 저는 둘이서 연립주택에 살면서 같이 장사를 했는데 지금의 남편이 그 시절에 가끔 포장마차에 들렀고, 저는 아버지의 눈을 피해 그 사람과 만나곤 했습니다. 그러다가 아들이 생겼고 여러 가지 복잡한 일들을 거친 끝에 그 사람의 부인이 되는 식으로 정리가 되었지만, 혼인신고를 한 것도 아니라서 아들은 태어나자마자 사생아가 되어버렸고, 그 사람은 집을 한 번 나갔다 하면 사나흘, 아니, 한 달 동안 돌아오지 않은 적도 있었습니다. 어디서 뭘 하는 것인지 집에 돌아오면 항상 거하게 취해 있고, 창백해진 얼굴로 괴로운 듯이 숨을 몰아쉬다가 제 얼굴을 가만히 들여다보고는 눈물을 뚝뚝 흘리질 않나, 어느 날은 또 자고 있는데 갑자기 이불 속으로 들어와서는 저를 꽉 안고, "아아, 안 돼, 무서워, 무서워! 너무 무서워! 살려줘!!" 하고 소리를 지르면서 바들바들 떨었던 적도 있었습니다. 겨우 잠이 들어도 잠꼬대를 하고 끙끙거리고, 다음 날 아침에는 혼이 나간 사람처럼 멍하니 앉아 있다가 또 훌쩍 사라져서 사나흘 동안 돌아오지 않았죠. 옛날부터 알고 지내던 출판 관계자 두세 분이 저와 아들을 걱정하여 가끔 돈을 가져다주신 덕분에 굶어 죽지 않고 오늘까지 살아왔습니다.

꾸벅꾸벅 졸다가 문득 눈을 뜨니 덧문 틈으로 아침 햇살이 새어 들어오고 있었습니다. 일어나서 옷을 입고 아이를 업고 밖으로 나왔습니다. 더 이상

가만히 집 안에 있을 수 없을 것 같았습니다.

갈 곳이 있던 것은 아니었습니다. 역 쪽으로 걸어 가서 역 앞에 있는 노점에서 사탕을 사서 아이 입에 물려주고, 갑자기 생각이 난 김에 기치조지吉祥寺까지 가는 표를 사서 전차에 탔습니다. 손잡이를 붙들고 문득 천장에 걸린 포스터를 봤는데, 남편의 이름이 실려 있었습니다. 잡지 광고였는데, 남편이 그 잡지에 '프랑수아 비용°'이라는 제목의 긴 논문을 발표한 모양이었습니다. 그 프랑수아 비용이라는 제목과 남편의 이름을 바라보고 있자니 이유는 알 수 없지만 너무나도 서러운 눈물이 솟구치는 바람에 시야가 흐려져 포스터가 보이지 않을 지경이었습니다.

기치조지에 내려서 정말 몇 년 만에 이노가시라 井の頭 공원을 걸어봤습니다. 연못 주변의 삼나무가 언제 다 잘려나간 것인지, 무슨 공사라도 시작되려는 땅처럼 예전과는 달리 아주 차갑고 삭막한 분위

○   1431-1463?, 프랑스 시인으로 살인, 절도 등 기행을 저지르며 방랑을 지속했다. 아이러니, 해학 등을 담은 서정시를 썼다.

3 3

기로 변해 있더군요.

아들을 등에서 내리고 연못가의 다 부서져 가는 벤치에 함께 앉았습니다. 집에서 가져온 감자를 아이에게 먹였습니다.

"예쁜 연못이지? 옛날에는 이 연못에 잉어랑 금붕어가 무지무지 많았는데, 지금은 하나도 없네. 시시하다, 그렇지?"

아들은 무슨 생각을 한 것인지 입안에 감자를 가득 문 채로 히히, 하고 웃었습니다. 제 아들이지만 정말 멍청해 보였습니다.

연못가 벤치에 계속 앉아 있어봤자 해결될 만한 일이 아니지요. 저는 다시 아들을 업고 천천히 기치조지 역 쪽으로 돌아가 시끌벅적한 노점 거리를 둘러보고 역에서 나카노행 표를 사서 아무런 생각도 계획도 없이, 무시무시한 악마의 심연 속으로 스르륵 빨려 들어가듯이 전차를 타고 나카노에서 내려서 어제 부부가 알려준 길을 따라 걸어 그 사람들의 가게 앞에 도착했습니다.

바깥문은 열리지 않았기에 건물을 돌아 뒷문 쪽

으로 들어갔습니다. 사장님은 없었고 아주머님만 홀로 가게 청소를 하고 있었습니다. 아주머님과 눈이 마주쳤을 때 저는 생각지도 못했던 거짓말을 술술 늘어놓았습니다.

"저기, 아주머님. 돈은 제가 깔끔하게 돌려드릴 수 있을 것 같아요. 오늘 밤, 아니면 내일, 아무튼 방도를 찾았으니 걱정하지 마세요."

"어머나, 아이고, 감사해요" 하고 아주머님은 기쁜 표정을 지어 보였지만 그래도 뭔가 석연치 않은, 불안한 그림자가 얼굴 한구석에 남아 있었습니다.

"정말이에요. 분명히 여기로 가져와줄 사람이 있어요. 그때까지 제가 인질로 있기로 했어요. 그러면 괜찮겠죠? 돈이 올·때까지 제가 가게 일이라도 도울게요."

저는 업고 있던 아들을 내려놓고 가게 안쪽 방에서 혼자 놀게 하고 이곳저곳 돌아다니며 부지런히 일했습니다. 아들은 원래 혼자 노는 데 익숙했기에 아무런 방해가 되지 않았습니다. 머리가 안 좋아서 그런지, 낯을 가리지도 않았기 때문에 아주머님 앞에서도 방긋방긋 잘 웃었고, 제가 아주머님 대신 가게 물건을 가지러 나간 사이에도 아주머님이 준 미국 통조림 캔을 장난감 삼아 두드리고 굴리면서 얌전히 방 한구석에서 놀았던 모양입니다.

오후가 되어 사장님이 생선과 채소 등 재료를 사서 돌아왔습니다. 저는 사장님 얼굴을 보자마자 또 아주머님에게 했던 것과 같은 거짓말을 했습니다.

사장님은 깜짝 놀란 표정으로,

"네? 하지만 사모님, 돈이란 건 제 손에 들어오기 전까지는 믿을 게 못 됩니다."

의외로 조용하게 타이르는 듯한 목소리로 말했습니다.

"아뇨, 정말 확실히 드릴 수 있어요. 그러니 저를 믿고 신고는 오늘 하루만 참아주세요. 그때까지 여기서 일을 돕고 있을게요."

"뭐, 돈이 오기만 하면 되지만……" 사장님은 혼잣말처럼 중얼거리고 "뭐, 올해도 닷새밖에 안 남았잖아요."

"네, 그러니까요. 그러니까 제가, 어머, 손님 오시

네요. 어서 오세요!" 저는 가게로 들어온 손님 세 명을 미소로 맞이하고 작은 목소리로, "아주머님, 죄송한데 저 앞치마 하나 빌려주시겠어요?" 하고 말했습니다.

"어이쿠, 미인을 구하셨네, 대단히 미인이신데?" 손님 한 명이 말했습니다.

"쓸데없는 소리 하지 마세요." 사장님은 그렇게 말하면서도 완전히 농담도 아닌 듯한 말투로, "돈이 걸려 있는 몸이시거든요."

"뭐, 백만 달러짜리 명마요?"

다른 한 명이 상스러운 농담을 던졌습니다.

"명마도 암컷이면 반값이라던데요."

저는 술을 데우면서 기죽지 않고 상스럽게 맞섰습니다.

"겸손하실 것 없습니다. 이제 일본은 말이든 개든 남녀가 동등한 세상이 된다던데요." 가장 젊어 보이는 손님이 크게 소리쳤습니다.

"맘에 드는데. 반했어요. 그런데 아이가 있으신 모양이군요?"

"아니요." 가게 안쪽에서 아주머님이 아이를 안고 나오더니 "이 아이는 이번에 친척 집에서 입양한 아이랍니다. 저희도 드디어 후계자가 생겼어요."

"돈도 생겼고."

손님 한 명이 놀리자 사장님은 진지한 얼굴로,

"애인도 생기고, 빚도 생겼군" 하고 중얼거리더니 갑자기 말투를 바꿔서 "뭘로 드시겠습니까? 이것저것 넣어 전골이라도 만들어드릴까요?"

하고 손님에게 묻더군요. 저는 그 순간 어떤 사태한 가지를 깨달았습니다. 역시 그랬구나, 홀로 수긍하며 겉으로는 아무렇지 않은 척 손님들에게 술병을 갖다 드렸습니다.

그날은 크리스마스이브인가 뭔가 하는 날이었던 모양인데, 그 탓인지 손님이 끊이질 않고 계속해서 몰려들었습니다. 저는 아침부터 거의 아무것도 먹지 않았지만, 가슴속에 상념이 가득 찬 탓인지 아주머님이 뭔가 먹으라 하셔도 '아니요, 괜찮아요' 하고 몸에 날개옷 하나 둘둘 말아 두르고 춤을 추듯이 가벼운 몸놀림으로 가게 안을 돌아다니며 일했습니다. 괜한 착각인지는 몰라도 그날 가게는 범상치 않은 활기가 느껴졌고, 제 이름을 물어보거나 악수를 요청하는 손님이 한두 명이 아니었습니다.

하지만 이러고 있다고 문제가 해결될까요? 저는 아무 생각이 없었습니다. 그저 웃고, 손님의 지저분한 농담에도 분위기를 맞춰서 더 지저분한 농담으로 받아쳤고, 이 손님 저 손님 술을 따라주며 돌아다녔습니다. 그러다가 제 몸이 아이스크림처럼 녹아서 사라져버렸으면 좋겠다는 생각만 했습니다.

이런 세상이지만, 역시 기적이라는 건 가끔 얼굴을 드러내는 법입니다.

밤 아홉 시가 조금 넘었을 즈음이었을까요? 크리스마스 축제에서 쓸 법한 종이로 만든 삼각모를 쓰고 마치 루팡처럼 얼굴 절반을 가리는 검은 가면을 쓴 남자와 서른네다섯 살로 보이는 마른 체형의 아름다운 여성이 들어왔습니다. 남자는 제가 있는 쪽을 등지고 구석에 있는 의자에 앉았는데, 저는 그 사람이 가게에 들어오자마자 누구인지 알겠더군요. 바로 제 도둑놈 남편이었습니다.

그들은 저를 몰라본 것 같았기에 저도 모르는 척하고 다른 손님들과 웃고 떠들었습니다. 여성은 남편의 맞은편에 앉아,

"아가씨, 여기요"

하고 저를 불렀습니다.

"네"

대답하며 두 사람이 앉은 테이블로 다가가, "어서 오세요. 술 주문하시겠어요?" 하고 말했을 때 남편은 가면 속에서 슬쩍 저를 보고는 놀란 듯했습니다. 저는 그의 어깨에 가볍게 손을 얹고,

"크리스마스에는 축하한다는 인사를 해야 하나요? 뭐라고 하죠? 한 잔 정도는 더 마실 수 있겠네요"

하고 말했습니다.

여성은 제 말에는 대답하지 않고 딱딱한 표정으로,

"저기, 아가씨. 미안한데요, 여기 사장님한테 조용히 할 이야기가 있는데 잠시 불러주겠어요?"

하고 말했습니다.

저는 안쪽에서 튀김 요리를 하던 사장님 쪽으로

가서,

"오타니가 왔네요. 한번 만나주시겠어요? 그런데 같이 오신 여성분한테 제 얘기는 하지 말아주시고요. 오타니가 곤욕을 치르면 일을 그르칠 것 같아요."

"드디어 왔군요."

사장님은 제 거짓말을 반쯤 의심하면서도 어느 정도 믿었던 것인지, 남편이 온 것도 제가 뭔가 조율해서 온 것이라고 단순하게 수긍한 모양이었습니다.

"제 이야기는 하지 마세요."

거듭 이야기하자,

"그게 좋으실 것 같으면 그렇게 하지요."

시원하게 받아들이고 밖으로 나갔습니다.

사장님은 가게에 있는 손님들을 한번 둘러보고 곧바로 남편이 있는 테이블로 다가가 아름다운 여성과 두세 마디 나누고는 셋이 같이 가게 밖으로 나갔습니다.

이제 됐다, 만사가 해결됐다, 왠지 그런 확신이 들

더군요. 기쁜 마음에 저는 무늬가 들어간 감색 옷을 입은 아직 스무 살도 안 되어 보이는 젊은 손님의 손목을 세게 붙잡았습니다.

"한 잔 마셔요. 우리 같이 마셔요. 크리스마스잖아요!"

3.

딱 30분, 아니, 좀 더 빨랐던 것 같습니다. 벌써? 싶을 정도로 빨리, 사장님이 혼자 들어와 제 곁에 오더니,

"사모님, 고맙습니다. 돈은 돌려받았습니다."

"그래요, 잘됐네요. 전부요?"

사장님은 어색한 웃음을 보이더니,

"아뇨, 어제 말씀드린 그 돈만요."

"지금까지 빚이 다 얼마예요? 대충, 많이 봐주시면 어느 정도일까요?"

"이만 엔이요."

"그거면 되나요?"

"많이 봐드린 거죠."

"갚을게요. 사장님, 내일부터 여기서 일을 하게 해주시면 안 될까요? 그렇게 해주세요, 일해서 갚을게요."

"네? 사모님, 무슨 팔려가는 것 같지 않습니까."

우리는 함께 소리 내어 웃었습니다.

그날 밤 열 시 넘어 저는 나카노의 가게를 나와 아이를 업고 고가네이에 있는 우리 집으로 돌아왔습니다. 역시나 남편은 집에 없었지만, 마음이 편안했습니다. 내일 또 그 가게에 가면 남편을 만날 수 있을지도 모르지요. 왜 저는 지금까지 이런 좋은 방법을 몰랐던 것일까요? 어제까지의 제 고생도 결국은 제가 멍청해서 이런 훌륭한 방법을 깨닫지 못한 탓이었던 겁니다. 저도 예전에는 아사쿠사에서 아버지의 포장마차 일을 도우며 손님들을 아주 못 다루지는 않았습니다. 나카노 가게에서도 일을 잘할 수 있을 겁니다. 실제로 오늘 밤만 해도 팁을 오백 엔이나 받았으니까요.

사장님 이야기를 듣자니, 남편은 어젯밤 그렇게 뛰쳐나간 뒤에 다른 지인의 집에서 잤던 모양입니다. 오늘 아침 일찍 그 아름다운 여성분이 운영하는 교바시京橋에 있는 바를 습격해서 아침부터 위스키를 마시고, 그 가게에서 일하는 여자아이 다섯 명에게 크리스마스 선물이라고 하면서 무턱대고 돈을 뿌린 다음, 오후가 되자 택시를 불러 어딘가에 갔다가 잠시 후에 크리스마스 삼각모니, 가면이니, 데코레이션 케이크니, 칠면조 등등을 들고 와서 사방에 전화를 걸어 지인들을 불러 모아 대연회를 열었는데, 평소에는 돈 한 푼도 없는 주제에 왜 저러나, 의심스럽게 여긴 바의 마담이 슬쩍 물어봤더니, 남편이 태연하게 어젯밤 일을 남김없이 털어놓았다더군요. 그 마담도 예전부터 남편과는 보통 사이가 아니었던 모양인지, 그런 일은 경찰이 껴서 소동이 커지면 좋은 꼴을 못 볼 테니 갚아야 한다고 진심으로 타이르고, 자신이 돈을 대신 갚아주겠다고 남편에게 길을 안내하라고 해서 나카노 가게로 왔다고 합니다. 나카노 가게 사장님은 저에게,

"뭐 대충 그런 사정일 것 같기는 했어요. 그런데 사모님, 잘도 예측하셨네요. 오타니 씨 친구에게 부탁한 겁니까?"

역시나 제가 처음부터 이렇게 될 것을 예측하고 이 가게에 먼저 와서 기다리고 있었다고 생각한 말투더군요. 저는 웃으며,

"예, 그야 뭐"

하고만 짧게 대답했습니다.

다음 날부터 제 생활은 지금까지와는 전혀 다른, 들뜨고 신나는 생활로 바뀌었지요. 즉시 미용실에 가서 머리를 손질했고, 화장품도 갖추어 사고 옷도 새로 맞추고, 또 아주머님에게 새 양말도 두 켤레나 받았습니다. 지금까지 마음속에 품어왔던 괴로움을 깨끗이 씻어낸 듯한 기분이었습니다.

아침에 일어나서 아들과 함께 밥을 먹고, 도시락을 만들어 아들을 업고 나카노의 쓰바키야椿屋 술집에 출근하게 되었습니다. 가게에서는 모두 저를 삿짱이라는 이름으로 불렀습니다. 연말연시 대목이었기에 삿짱은 매일 눈이 돌아갈 만큼 바쁘게 일했는

데, 이틀에 한 번 정도는 남편도 가게에 술을 마시러 와서 저에게 계산을 맡기고 또 훌쩍 사라졌다가 밤늦게 가게에 와서,

"집에 안 가?"

하고 물어보면 저도 고개를 끄덕이고 집에 갈 채비를 한 뒤, 함께 즐거운 기분으로 돌아가는 일도 가끔 있었습니다.

"왜 처음부터 이렇게 하지 않은 걸까? 너무 행복해요."

"여자에겐 행복도 불행도 없는 법이지."

"그런가? 듣고 보니 그런 것 같기도 하고. 그러면 남자는 어때요?"

"남자는 불행뿐이지. 언제나 공포와 싸우기만 하니까."

"잘 모르겠네. 그래도 난 계속 이렇게 살고 싶어. 쓰바키야 사장님하고 아주머님도 너무 좋은 분들이에요."

"멍청한 사람들이야. 다 촌놈들이라고. 그러면서 또 어찌나 욕심이 많은지. 나한테 술을 먹여서 돈을

벌려는 속셈이라니까."

"그야 장사하는 사람이니까 당연하죠. 근데 그것 때문만이 아닐 것 같은데? 당신 그 아주머님한테도 손댔죠?"

"옛날 일이지. 그 남편이 뭐라고 했나? 눈치챘어?"

"다 알고 있는 것 같던데? 애인도 생기고 빚도 생겼다고 한숨을 쉬면서 말한 적이 있었어요."

"내가 안 그런 것처럼 보여도 사실은 죽고 싶어 안달이 난 사람이야. 태어났을 때부터 죽는 일만 생각했어. 나 같은 놈은 다른 사람들을 위해서라도 죽는 게 나아. 분명해. 그런데 죽기가 참 힘들어. 이상한, 무서운 수호신 같은 게 내가 죽는 걸 붙잡고 말린단 말이야."

"일이 있으니까요."

"일 따위 뭐가 중요해? 걸작이고 졸작이고 그런 건 없어. 사람들이 좋다고 하면 좋아지고, 나쁘다고 하면 나빠지는 거야. 딱 들숨과 날숨 같은 거야. 참 무섭지, 이 세상 어딘가에 신이 있다는 이야기니까.

있는 거 맞겠지?"

"네?"

"신이 있는 거 맞지?"

"내가 어떻게 알겠어요."

"그렇구나."

10일, 20일 정도 가게에 다니면서 저는 쓰바키야에 술을 마시러 오는 손님이 한 명도 빠짐없이 죄다 범죄자들이라는 사실을 알아버렸습니다. 그들에 비하면 남편은 참 착한 사람이더군요. 가게 손님뿐만 아니라 길을 걸어 다니는 사람들도 죄다 뭔가 더러운 범죄를 숨기고 있을 것만 같았습니다. 잘 차려입고 쉰 살 정도 되어 보이는 여성이 쓰바키야 부엌문으로 술을 팔러 와서는 한 되에 삼백 엔이라고 하더군요. 요새 시세로 보면 싼 편이었기에 쓰바키야 아주머님이 바로 사들였는데 물을 잔뜩 탄 술이었습니다. 그런 곱상하게 생긴 여자조차도 이렇게 잔꾀를 부려야 살아남는 세상이니, 켕기는 것 하나 없이 살아가기란 불가능한 일이라는 생각이 들었습니다. 카드놀이처럼 마이너스를 전부 모으면 플러스가 되는 일이 이 세상의 도덕으로 가능하기나 한 일일까요?

신이 있다면 제 앞에 나타나보세요! 저는 새해 첫날이 끝나갈 즈음 가게에 온 손님에게 당하고 말았습니다.

그날 밤은 비가 내렸습니다. 남편은 오지 않았지만, 남편의 옛 지인 중에 출판 관계 일을 하면서 가끔 저에게 생활비를 주러 오는 야지마 씨가 같은 업계에서 일하고 나이도 비슷하게 마흔쯤 된 분과 함께 가게에 와서 술을 마시러 왔습니다. 야지마 씨는 큰소리로 오타니의 아내가 이런 곳에서 일하다니 안 될 일이다, 안 될 것이 뭐가 있냐, 장난삼아 말싸움을 벌였습니다. 저는 웃으면서,

"그 사모님은 지금 어디에 계신가요?"

하고 물었더니, 야지마 씨는

"어디 있는지는 모르겠지만, 적어도 쓰바키야의 삿짱보다는 기품 있고 아름답습니다"

하고 대답하더군요.

"부럽네요. 오타니 씨 같은 사람이라면 저는 하룻

밤이라도 좋으니까 같이 있어보고 싶어요. 저는 그런 약아빠진 사람을 좋아하거든요."

"이거 이거, 안 되겠군요."

야지마 씨는 같이 온 일행 쪽으로 고개를 돌리더니 입을 삐쭉 내밀었습니다.

그즈음에는 이미 제가 오타니라는 시인의 부인이라는 사실을 남편과 같이 오는 기자분들도 다 알고 있었고, 또 그분들의 이야기를 듣고 일부러 저를 놀리러 오는 독특한 분들도 계셔서 가게에 사람들이 몰렸습니다. 사장님도 어느 정도 싫지 않은 눈치였습니다.

그날 밤 야지마 씨 일행이 종이 암거래에 관한 이야기를 하다가 돌아간 것이 밤 열 시를 넘어서였습니다. 비도 내리고 남편이 올 것 같지도 않았기에 손님이 아직 한 분 남아 있었음에도 집에 갈 채비를 시작했습니다. 안쪽 방에서 자고 있던 아들을 안아 올려 업고,

"내일 뵈어요. 우산 빌릴게요" 하고 작은 소리로 아주머님에게 부탁했는데,

"저도 우산 있어요, 바래다 드리죠"

하고 가게에 남아 있던 스물대여섯 살 정도로 보이는 마르고 왜소한 공장 노동자 청년이 진지한 얼굴로 자리에서 일어났습니다. 그날 처음 본 손님이었습니다.

"고맙습니다, 하지만 이제 혼자 가는 데 익숙해져서 괜찮아요."

"아뇨, 댁이 멀잖아요. 저도 압니다. 고가네이 근처에 살거든요. 바래다 드리겠습니다. 아주머니, 계산해주세요."

그 손님은 술을 세 병만 마셨기 때문에 그렇게 취한 것처럼 보이지는 않았습니다.

같이 전차를 타고 고가네이에서 내려서 비가 쏟아지는 새카만 길을 함께 우산을 쓰고 걸었습니다. 그 청년은 그때까지 거의 말을 하지 않는데, 한두 마디 이야기를 꺼내기 시작했습니다.

"저 알아요. 오타니 선생님이 쓴 시를 정말 좋아하거든요. 저도 시를 써서, 오타니 선생님께 시를 봐달라고 하고 싶었는데, 못했어요. 오타니 선생님이 무서웠거든요."

그사이 집에 도착했습니다.

"감사해요. 가게에서 또 뵈어요."

"네, 들어가세요."

청년은 빗속을 걸어 돌아갔습니다.

늦은 밤, 덜컥덜컥 현관문이 열리는 소리에 눈을
떴습니다. 언제나처럼 남편이 술에 취해 돌아온 건
가 싶어 가만히 누워 있었는데,

"죄송합니다, 사모님, 계세요?"

하는 남자의 목소리가 들렸습니다.

일어나 전등을 켜고 현관으로 나가보니 조금 전
청년이 똑바로 서 있지 못할 정도로 비틀거리고 있
었습니다.

"사모님, 죄송해요. 아까 돌아가는 길에 포장마
차에서 한 잔 더 했는데요, 사실 저희 집은 다치카
와立川인데요, 역에 갔더니 이미 전차가 끊겼더라고
요. 사모님, 죄송한데 하루만 재워주세요. 이불도
아무것도 필요 없어요. 현관 앞 바닥에서 자도 괜찮
아요. 내일 아침 첫차가 뜰 때까지만 누워 있게 해

주세요. 비만 안 내렸어도 대충 주변에 지붕 아래에서 쉬어가면 될 텐데 비가 너무 내려서 움직이질 못하겠어요. 부탁드려요."

"남편도 없으니, 여기 바닥이라도 괜찮으시면 쉬었다 가세요."

저는 찢어진 방석 두 장을 마루에 내어주었습니다.

"죄송합니다, 아휴, 너무 마셨어요."

힘들었는지 작게 중얼거리고는 바로 마루에 드러눕더니, 제가 이부자리로 돌아왔을 때는 큰 코골이가 들렸습니다.

그리고 아침이 밝았을 무렵, 저는 맥없이 그의 손에 넘어갔습니다.

그날도 저는 평소와 다름없이 아이를 업고 일하러 나갔습니다.

나카노 가게에는 남편이 술이 든 컵을 테이블 위에 올려놓고 혼자 신문을 읽고 있었습니다. 컵에 오전의 햇살이 닿아 아름다웠습니다.

"다 어디 가셨어?"

남편은 제 쪽을 돌아보고,

"아저씨는 재료 사러 가서 아직 안 왔고, 아주머니는 조금 전까지 부엌에 있었는데, 안에 없나?" 하고 답했습니다.

"어제는 안 왔었나봐?"

"왔어. 쓰바키야의 삿짱 얼굴을 보지 않으면 요새는 잠을 못 자거든. 열 시 넘어서 잠깐 들렀는데 금방 돌아갔다고 하더군."

"그래서?"

"여기서 잤어. 비가 워낙 많이 내려서."

"나도 이제 이 가게에서 숙식하게 해달라고 할까봐."

"그것도 좋지."

남편은 조용히 신문을 보다가,

"것 참, 또 내 욕을 썼어. 쾌락주의자 가짜 귀족이라는군. 이 기자는 아무것도 몰라. 신을 두려워하는 쾌락주의자라고 쓰면 좋았을걸. 삿짱, 이것 좀 봐. 여기에 나를 인간이 아니라고 써놨어. 그건 아니잖아? 지금이니까 하는 말이지만, 작년 말에 여기서 오천 엔을 들고 도망친 건 삿짱하고 우리 아들한테

그 돈으로 오랜만에 좋은 새해를 보내게 해주고 싶
었기 때문이거든. 인간이니까 그런 짓도 할 수가 있
는 거라고."

　딱히 기쁘지도 않더군요. 저는

　"인간이 아니면 뭐 어때. 우리는 살아 있기만 하
면 되는 거야"

　하고 말했습니다.

다스 게마이네°

1935

ダス・ゲマイネ

○   독일어로 '통속성' 또는 '비속(卑俗)성'을 의미하는 'Das Gemeine'.

1. 환등

당시 나에게는 하루하루가 인생의 만년이었다.

사랑을 했다. 그런 감정은 난생처음이었다. 예전에는 내 왼쪽 옆얼굴만 자랑스레 내보였고, 남성적인 면을 내세우고 싶어 안달했으며, 상대방이 1분이라도 망설이면 바로 당황한 모습을 숨기지 못하다가 질풍처럼 도망쳤다. 하지만 그즈음의 나는 모든 부분에 있어서 야무지지 못했다. 거의 내 몸에 장착된 줄 알았던 현명하고 상처가 적은 처세술조차 유지하지 못했다. 말하자면 거침없이 무절제한 사랑을 했다. 사랑하니까 어쩔 수 없다는 쉰 목소리의 중얼거림이 내 사상의 전부였다. 스물다섯 살. 나는 지금 태어났다. 살아 있다. 끝까지, 살 것이다. 진심이다. 사랑하니까 어쩔 수 없다. 하지만 나는 처음부터 환영받지 못했다. 동반 자살이라는 케케묵은 개념을 서서히 몸으로 이해하기 시작했을 때, 나는 매정하게 거절당했고 그렇게 끝나고 말았다. 상대는 어딘가로 사라져버렸다.

친구들은 나를 사노 지로자에몬°, 또는 사노 지로라는 옛날 사람 이름으로 불렀다.

"사노 지로. 그래도 다행이야. 그 정도 이름이 붙은 덕분에 어느 정도 멀쩡하게 살 수 있는 거야. 차였는데도 멀쩡하다는 건 하늘이 너한테 잘 보이려고 한다는 증거나 다름없어. 뭐, 좋은 일이지"라고 말했던 바바의 이야기를 나는 잊지 못한다. 사실 나를 '사노 지로' 따위로 부르기 시작한 것이 바바다. 나는 바바와 우에노上野 공원 안에 있는 단술을 파는 가게에서 만났다. 기요미즈清水 관음당 바로 근처에 붉은 융단을 깔고 평상 두 개를 놓은 작은 단술집에서.

강의가 없는 시간이면 어슬렁어슬렁 대학교 뒷문

○ 에도시대 중기의 인물. 사랑했던 기녀에게 거절당하고 복수심으로 그를 죽이고 다른 살인을 저지르며 희대의 살인마가 되었다.

을 통해 공원으로 나와 그 단술집에 자주 들렀다. 그 가게에는 열일곱 살의 기쿠라는 이름을 가진, 작은 체구에 똘똘해 보이고 눈이 맑은 여자아이가 있었는데, 내가 사랑하는 여자와 너무나도 닮았기 때문이었다. 내가 사랑하는 여자는 만나려면 돈이 드는 사람이었기에, 나는 돈이 없을 때면 그 단술집의 평상에 앉아 단술 한 잔을 느긋하게 홀짝거리며 내 사랑 대신 기쿠를 바라보며 참곤 했다.

올해 초봄에 그 단술집에서 이상한 남자를 발견했다. 그날은 토요일이었고 아침부터 맑은 날씨가 이어졌다. 나는 프랑스 서정시 수업을 듣고, 정오 즈음에 단술집으로 갔다. '매화는 피었느냐, 벚꽃은 아직이냐' 하며 금방 배운 프랑스 서정시와는 전혀 다르고 상관없는 시구에 멋대로 가락을 붙여서 반복하여 흥얼거리며 말이다. 그때 먼저 온 손님이 한 명 있었다. 나는 놀랐다. 그 손님의 모습이 아주 기괴했기 때문이다. 상당히 마른 체형이고 키도 보통이었으며 입고 있는 양복도 검은 모직의 평범한 옷이었는데, 그 위로 걸친 외투가 일단 괴상했다. 무슨 형태인지 나로서는 알 수 없었는데, 첫인상을 말하자면 '프리드리히 실러'의 외투였다. 벨벳 소재에 단추가 쓸데없이 많고 멋있게 짙은 은색이었는데, 말도 안 되게 헐렁헐렁했다. 얼굴도 문제였다. 역시나 첫인상을 말하자면, 슈베르트로 변신하려다 실패한 여우 같았다. 신기할 정도로 튀어나온 이마, 작은 철테 안경, 정도가 심한 곱슬머리, 뾰족한 턱, 덥수룩한 턱수염. 그리고 피부는 좀 과장해서 말하자면 휘파람새의 깃털같이 지저분한 푸른색이었고 광택이 전혀 없었다. 그 남자가 붉은 융단 위에 있는 평상 중앙에 책상다리로 앉아 커다란 녹차잔으로 귀찮은 듯이 단술을 홀짝거리면서, 반대편 손을 들어 이리 오라고 내게 손짓을 하는 것이 아닌가! 오래 망설이면 망설일수록 점점 피곤해질 것 같다는 직감이 들었다. 나는 나조차 의미를 알 수 없는 미소를 억지로 띠며 그 남자가 앉아 있는 평상 끝에 앉았다.

"오늘 아침에 너무 딱딱한 오징어를 씹었거든요." 일부러 억누른 듯한 낮고 걸걸한 목소리였다.

"오른쪽 어금니가 아파 죽겠습니다. 치통만큼 괴로운 건 없는 것 같아요. 아스피린을 한 움큼 먹으면 씻은 듯이 나을 텐데. 아, 당신을 부른 게 저였습니까? 아, 죄송해요. 제가 말입니다……." 내 얼굴을 슬쩍 보더니 입가에 살짝 미소를 머금으며, "사람을 잘 못 알아보거든요. 눈뜬장님. 아아, 아닙니다. 난 평범하지. 겉으로만 그렇게 보일 뿐. 제 나쁜 버릇입니다. 처음 만난 사람에게 조금 뭐랄까, 좀 괴짜처럼 보이고 싶거든요. 자승자박이라는 말이 있지요. 아주 오래되고, 몹쓸, 그런 병입니다, 이건. 문과예요? 올해 졸업하시죠?"

나는 대답했다. "아니요. 1년 더 남았습니다. 한 번 낙제했거든요."

"하아, 이런. 예술가시군요." 그는 웃지도 않고 얌전히 단술을 한 입 마셨다. "저는 여기 음대에 어쩌다 보니 8년 동안 다니고 있습니다. 영 졸업을 못해. 아직 한 번도 시험 날에 나간 적이 없거든요. 사람이 사람의 능력을 시험하다니 엄청난 실례 아닙니까?"

"그렇죠."

"말을 그렇게 해본 것이지, 실은 머리가 나쁘거든요. 자주 여기에 이렇게 눌러앉아서 눈앞에서 지나가는 사람들을 쳐다보는데요. 처음에는 견디기 힘들었어요. 이렇게 수많은 사람이 있는데 누구 하나 나를 모르고 나를 봐주지 않다니! 그런 생각을 하면, 아니, 그렇게 열심히 호응해주지 않아도 됩니다. 처음부터 당신의 마음을 대변하듯이 이야기하고 있거든요. 하지만 지금의 나는 아무렇지도 않아요. 오히려 쾌감을 느낍니다. 베개 밑으로 시냇물이 졸졸졸 흘러가는 듯한 기분. 이건 포기가 아닙니다. 왕족이 느끼는 기쁨이지."

그는 단술을 꿀꺽 마시고 나서 불쑥 찻잔을 나에게 내밀었다.

"이 찻잔에 쓰인 글자, 백마교불행白馬驕不行°. 아아, 안 되겠어. 쑥스러워서 안 되겠군. 당신에게 물려주도록 하죠. 아사쿠사에 있는 골동품점에서 비

° '백마가 교만하게도 나아가지를 않는구나', 당나라 시인 최국보가 쓴 「소년행(少年行)」이라는 시의 한 구절이다.

싸게 사들여 이 가게에 맡겨둔 겁니다. 특별히 내 전용 찻잔으로 쓰고 있는데, 당신 얼굴이 맘에 들었어. 눈 빛깔이 깊어. 부러운 눈입니다. 내가 죽으면 당신이 이 찻잔을 써요. 난 내일쯤 죽을지도 모르니까."

하지만 그 이후로도 우리는 그 단술집에서 매우 자주 부딪쳤다. 바바는 여간해서 죽지 않았다. 죽기는커녕 살이 조금 쪘다. 청흑색에 가까웠던 양쪽 뺨은 복숭아처럼 탱글탱글해졌다. 바바는 이게 다 술살이라고 하면서 이렇게 살이 찌면 슬슬 위험하다고 작은 목소리로 덧붙였다. 나는 점점 더 그와 친해졌다. 왜 나는 이런 남자에게서 도망치지 않고 오히려 가까워진 걸까. 바바의 천재성을 믿었기 때문일까? 작년 늦가을, 요제프 시게티라는 부다페스트 출신의 바이올린 연주자가 일본에 와서 히비야日比谷 공회당에서 세 번 정도 연주회를 열었다. 세 번모두 지독히도 사람이 모여들지 않았다. 고고하고 아집으로 가득 찬 마흔 살의 천재는 분개한 나머지 《도쿄아사히東京朝日 신문》에 글을 기고해 '일본인

귀는 조랑말 귀나 다름없다'고 악담을 퍼부었는데, 일본 청중에 대한 모욕 끝에는 반드시 '다만 청년 한 명만 빼고'라는 말이 시 후렴구처럼 괄호와 함께 덧붙곤 했다. 도대체 그 청년이 누구인지 그 당시 음악계에서 논의가 펼쳐졌다고도 하는데, 그 청년은 바로 바바였다. 바바는 요제프 시게티와 만나 이야기를 나눴다. 히비야 공회당에서 열린 세 번째 굴욕적인 연주회가 끝난 밤, 바바는 긴자銀座에 위치한 유명한 비어홀 안쪽 구석의 화분 그늘에 가려져 있던 시게티의 불그스름하고 커다란 민머리를 발견했다. 바바는 아무런 호응을 받지 못한 세계적인 연주자가 일부러 평정심을 가장하느라 엷은 미소와 함께 맥주를 마시고 있는 바로 옆 테이블에 주저하지 않고 성큼성큼 다가가서 앉았다. 그날 밤 바바와 시게티는 서로에게 공감했고 긴자 1번지에서 8번지까지 이어지는 길가에 있는 고급스러운 바를 하나씩 전부 들어가서 술을 마셨다. 계산은 요제프 시게티가 했다. 시게티는 술을 마셔도 예의를 잃지 않는 사람이었다. 검은색 나비넥타이를 다부지게 맨 채로 호스티스들에게는 손가락 하나도 대지 않았다. 이성과 지성으로 잘게 다져진 예술이 아니면 재미가 없습니다, 문학에서는 앙드레 지드와 토마스 만을 좋아합니다, 라고 말하고 쓸쓸한 듯이 오른손 엄지손톱을 깨물었다. 지드를 치트라고 발음했다. 밤을 지새우고 아침이 밝았을 무렵, 두 사람은 데이코쿠帝国호텔 정원의 수련 연못가에서 서로의 얼굴을 슬금슬금 피하며 힘 빠진 악수를 나누고 서둘러 헤어졌다. 그날 시게티는 요코하마에서 엠프레스 오브 캐나다 호에 승선하여 미국을 향해 떠났다. 그리고 다음 날《도쿄아사히 신문》에 앞서 말한 후렴구가 붙은 기고문이 게재된 것이었다.

하지만 나는 바바가 창피한 듯이 눈을 심하게 깜빡거리고, 마지막에는 거의 불쾌해하며 이야기를 들려주었기에 그의 공로를 완전히 믿을 수 없었다. 그가 외국인과 밤을 새워 이야기 나눌 만큼 어학이 가능했던가? 그 부분부터 수상하다. 의심하기 시작하면 한도 끝도 없지만, 무엇보다도 시게티에 관해 어떠한 음악적 이론이 있는지, 바이올린 연주자로서 얼마나 실력이 있는 건지, 작곡가로서는 어떠한지, 나는 그런 것부터 전혀 알지 못했다. 바바는 가끔 반질반질 검게 빛나는 바이올린 케이스를 왼쪽 옆구리에 끼고 걸어 다녔는데, 케이스 안에는 항상 아무것도 없었다. 바바는 그 케이스 자체가 현대의 상징이며, 그렇기에 이 안은 썰렁할 만큼 텅 비었다고 했다. 그럴 때면 나는 이 남자가 도대체 한 번이라도 바이올린을 쥐어본 적이나 있는지, 이상한 의심을 할 수밖에 없었다. 그런 식이었기 때문에 바바의 천재성을 믿든 말든 애초에 그의 기량을 파악할 방법이 없었다.

내가 그에게 이끌렸던 건 분명 다른 이유가 있었을 테다. 나도 바이올린보다는 바이올린 케이스를 신경 쓰는 인간이었기에, 바바의 정신이나 기량보다는 그의 모습이나 농담에 끌렸던 것 같기도 하다. 실제로 바바는 매번 다른 옷차림으로 내 앞에 나타났다. 갖가지 양복 외에 교복을 입기도 하고 작업복을 입기도 하고, 어느 날은 허리띠에 하얀 양말만 신고 나타나는 바람에 당황하여 얼굴을 붉힌 적도 있다. 그가 아무렇지 않게 늘어놓는 이야기에 따르면 그가 이렇게 자주 옷을 바꿔 입는 이유는 자신에 대한 어떤 인상도 남기고 싶지 않기 때문이라고 했다. 말하는 것을 잊었는데, 바바의 집은 도쿄 외곽의 미타카무라三鷹村 시모렌자쿠下連雀에 있어서 그는 하루도 빠짐없이 도쿄 시내로 나와 놀았다. 아버지가 지주인지 뭐인지라서 상당한 부자라는 것 같았고, 그렇게 부자였기 때문에 옷을 매번 다르게 입을 수도 있던 것이다. 말하자면 지주 아들놈의 사치에 불과했고, 그렇게 생각하면 딱히 나는 바바의 겉모습에 끌렸던 것도 아닌 것 같다. 돈 때문이었을까? 상당히 입 밖으로 꺼내기 어려운 이야기지만, 바바와 같이 놀러 나가면 계산은 모두 그가 했다. 나를 말려서까지 본인이 냈다. 우정과 돈 사이에는 최고로 미묘한 상호작용이 끊임없이 일어나기에 그의 풍족한 상태가 나에게 어느 정도 매력이 있었던 점도 부정할 수 없다. 이는 어쩌면 바바와 나의 우정이 처음부터 주종관계 같은 것이었고, 처음부터 끝까지 내가 주관 없이 그에게 휘둘렸을 뿐이라는 이야기로 귀결될 수 있을 듯하다.

음, 말이 너무 길어지다 보니 나도 모르게 실토한 것 같다. 즉, 이 시기의 나는 조금 전에도 살짝 말한 것처럼 금붕어 똥처럼 자기 의지란 요만큼도 없는 생활을 했다. 금붕어가 헤엄치면 쫄래쫄래 따라가는 똥처럼, 줏대 없는 상태로 바바와의 우정을 이어왔다. 어느 팔십팔야°의 날이었다. 희한하게도 바바는 달력에 상당히 민감했는데, 어느 날은 경신庚申년의 불멸仏滅일°°이라며 축 처져 있다가, 어느 날은 단오端午이니 어둠 축제°°°가 열릴 것이라면서 나로서는 의미를 알 수 없는 이야기를 중얼거렸다. 그날도 나는 우에노 공원의 단술집에서 새끼 밴 고양이, 어린 벚나무, 꽃보라, 송충이 등이 자아내는 늦봄의 따뜻하고 무르익은 분위기를 전신으로 느끼며 홀로 맥주를 마시고 있었다. 그런데 정신을 차리고 보니

○   八十八夜, 일본에서 독특하게 따지는 절기 중 하나로, 입춘에서 헤아려 88일째 되는 날을 말한다. 서리 피해가 크기 때문에, 농사짓는 사람들이 중요하게 여긴다. 특히 이 시기에 딴 찻잎이 맛있다고 한다.

○○   음양도에서 만사가 불길하다고 하는 날

○○○   5월 3-6일에 도쿄 도 후추(府中) 시에서 열리는 큰 축제

바바가 어느새 화려한 녹색 양복을 입고 내 뒤에 앉아 있었다. 언제나처럼 낮은 목소리로 "오늘은 팔십팔야라고" 그렇게 한 마디를 내뱉고는 민망하다는 듯이 벌떡 일어나 양쪽 어깨를 큰 동작으로 흔들었다. 팔십팔야를 기념하자며, 웃으면서 아무런 의미도 없는 결심을 다지고 우리는 같이 아사쿠사에 술을 마시러 가기로 했다. 그날 밤 나는 갑작스럽게 바바에게서 벗어나기 힘든 친밀감을 느끼게 되었다.

아사쿠사의 술집을 대여섯 군데 오갔다. 바바는 빌헬름 플라주°와 일본 음악계의 싸움에 관해 삼켰다가 토해내듯이 장황하게 이야기했다. 플라주는 대단한 사람이야, 왜냐고? 하면서 또 혼잣말처럼 중얼거리는 것을 듣다 보니 나는 내 여인이 너무나도 보고 싶어졌다. 나는 바바를 꼬드겼다. 환등을 보러 가자고 조용히 이야기했다. 바바는 환등을 잘 몰랐다. 좋았어, 그러면 오늘만큼은 내가 선배로

○　1888-1969년, 독일 외교관으로, 유럽의 악곡을 사용하는 일본 방송국 등에 고액의 사용료를 청구하는 등 일본에 처음으로 저작권 사용료의 개념을 가져온 인물이다.

군요. 팔십팔아니까, 제가 안내할게요. 난 민망함을
숨기려 농담을 섞어 가며 플라주, 플라주…… 계속
해서 낮게 중얼거리는 바바를 힘겹게, 억지로 자동
차에 밀어 넣었다. 서둘러 갑시다! 아아, 유곽으로
이어지는 오카와大川 강을 건널 때마다 느껴지는 떨
림! 환등의 거리, 이곳은 아주 비슷한 골목길이 거
미줄처럼 사방팔방으로 이어져 있고 골목길 양쪽
에 들어선 집에 폭이 30-60센티미터 정도 되는 작
은 창문들 틈으로 아가씨들이 화사하게 웃고 있는
모습이 보인다. 이 거리에 한 걸음 내딛는 순간, 어
깨에 짊어진 모든 무게가 순식간에 사라지고 인간
은 자신의 모습을 일절 망각하고 추격자를 완벽히
따돌린 죄인처럼 아름답고 편안하게 하룻밤을 보낸
다. 바바는 이 거리에 처음 오는 것이었는데 딱히 놀
라지도 않고 여유로운 발걸음으로 나와 조금 떨어
져 걸으면서 길 양쪽의 작은 창문 너머로 보이는 아
가씨들의 얼굴을 하나하나 관찰하고 있었다. 골목
길에 들어갔다가 골목길을 빠져나오고 골목길을 꺾
어 들어가서 골목길에 도착한 뒤, 나는 멈춰 서서 바

바의 옆구리를 쿡 찌르고 나는 이 친구를 사랑해요. 실은 상당히 예전부터 좋아했다고 속삭였다. 내 사랑은 눈도 깜박이지 않고 자그마한 아랫입술만 살짝 왼쪽으로 움직였다. 바바는 멈춰 서서 팔을 편안히 내리고 고개를 앞으로 쭉 빼서 내 사랑을 유심히 바라봤다. 잠시 후에 나를 돌아보더니 큰 소리로 말했다.

"아아, 닮았네, 닮았어!"

그때 처음 깨달았다.

"아뇨, 기쿠보다는 못하죠." 나는 긴장해서 이상하게 대답했다. 이상하게 몸에 힘이 들어갔다. 바바는 살짝 당황한 모습으로, "비교하고 그러면 안 돼" 하고 웃었지만, 바로 미간을 찌푸리면서 "아냐, 세상 모든 것은 비교해선 안 돼. 비교 근성은 멍청하고 저열한 거야" 하며 자신을 타이르듯이 천천히 중얼거리며 다시 털레털레 걸음을 옮겼다. 다음 날 아침 돌아가는 차 안에서 우리는 아무 말도 하지 않았다. 누군가 한 마디라도 했다가는 주먹다짐이 벌어질 듯한 어색함으로 가득했다. 자동차가 아사쿠사의 혼잡함 속으로 파고들어 우리도 다른 사람들처럼 편안함을 느끼게 되었을 때 비로소 바바는 진지하게 읊조렸다.

"어젯밤 여자가 말이야, 나에게 이런 가르침을 줬어. 자기들도 바깥에서 보는 것만큼 편하게 사는 건 아니라고."

나는 열렬히 호응해 보였다. 바바는 평소답지 않게 상쾌한 미소를 띠며 내 어깨를 가볍게 두드렸다.

"일본에서 가장 좋은 동네인 것 같아. 다들 가슴을 펴고 당당히 살더군. 창피해하지 않더라고. 놀라웠어. 하루하루를 열심히 살고 있어."

그 이후로 나는 바바와 가족처럼 가깝고 지내고, 그를 따르게 되면서 인생에서 처음으로 친구를 얻은 듯한 기분까지 느꼈다. 친구를 얻었다고 생각하자마자 나는 사랑하는 사람을 잃었다. 그건 차마 입 밖으로 내서 말할 수 없는, 내가 생각해도 볼품없이 여자에게 차인 듯한 상황이었다. 그로 인해 나는 조금 유명해졌고, 결국 사노 지로라는 하찮은 별명까지 붙게 되었다. 지금이니까 이런 식으로 무덤덤하게 말할 수 있지만, 당시에는 전혀 웃을 기분이 아니었고 정말 죽으려고 했다. 환등 거리에서 얻은 병이 도저히 낫지 않아 언제 쓰러질지 모르는 상태였고, 사람이 왜 살아야 하는지, 그 이유를 도통 알 수 없었다. 머지않아 여름 방학이 시작되어 도쿄에서 이백 리 떨어진 혼슈本州 북단의 산속에 있는 고향으로 돌아가 매일매일 정원 밤나무 아래에 있는 등의자에 엎드려 누워서 담배를 일흔 개비씩 피우며 아무 생각 없이 시간을 보냈다. 바바가 편지를 보내왔다.

사노 지로자에몬에게

제발 죽지는 말아줘. 나를 위해서. 네가 자살한다면 나는 아, 나에 대한 시위로구나, 하면서 은근슬쩍 나의 우월성을 느끼고 좋아할 거야. 그래도 좋다면 죽어도 돼. 나 역시 예전에는, 아니, 지금도 여전히 열심히 살지는 않아. 하지만 나는 자살하지 않을 거야. 누군가 나로 인해 우월감을 느끼는 게 싫거든. 병에 걸리거나 재난에 휘말리기를 기다리고 있지. 하지만 지금 내가 걸린 병은 치통과 치질뿐이야. 죽기는 어려울 것 같아. 재난도 만나기 힘들군. 방 창문을 밤새 열어두고 강도가 들기를 기다렸다가. 그가 날 죽이도록 해야지 생각했는데, 창문을 통해 잠입하는 건 나방과 개미, 투구벌레, 그리고 백만의 모기 군단뿐이었어.(너는 아아, 나랑 똑같네! 라고 하겠지) 혹시 함께 책을 내보지 않겠어? 나는 책이라도 내서 빚을 전부 갚아버린 다음에 삼 일 밤낮을 깨지 않고 정신없이 자고 싶어. 빚이란 건 해결이 안 되는 내 몸뚱이야. 내 가슴에는 빚이라는 구멍이 새까맣게 뻥 뚫려 있지. 책을 냈다가 이 채워지지 않는 구멍이 더 깊어질지도 모르지만, 그건 그때 가서 생각하면 될 일이야. 암튼 나는 나 자신과 결말을 짓고 싶거든. 책 제목은 '해적'이야. 구체적인 내용은 너와 이야기를 나눠보고 결정할 생각인데, 일단 내 계획은 수출할 수 있는 잡지를 만들고 싶어. 프랑스에 수출하는 게 좋을 것 같군. 내 기억에 너는 어학 능력이 아주 발군이었으니, 우리가 쓴 원고를 프랑스어로 번역해줘. 앙드레 지드에게 한 권 보내서 비평을 써달라고 하자. 아, 폴 발레리와 직접 논쟁할 수도 있을걸? 졸린 얼굴의 마르셀 프루스트를 당황하게 만들어보자. (너는 아쉽게도 프루스트는 이미 죽었어요, 라고 하겠지.) 장 콕토는 아직 살아 있어. 레이몽 라디게가 살아 있다면 좋았을 것을. 모리스 데코브라 선생에게도 보내서 기쁨을 줘보자. 가엾은 인간 같으니.

이런 상상은 재미있지 않아? 심지어 그렇게 실현하기 어려운 일도 아니야.(쓰자마자 문자가 말라붙어. 편지글이라는 특이한 문체. 서술도 아니고 회화도 아니며 묘사도 아닌, 아주 신비로운, 그러면서도 제대로 독립된 으스스한 문체. 미안, 헛소리였어.) 어제 밤새도록 계산해본 결과, 삼백 엔이면 훌륭한 책을 만들 수 있어. 그 정도라면 나혼자서도 어떻게든 마련할 수 있을 것 같아. 너는 시를 써서 폴 포르에게 보여주도록 해. 나는 지금 〈해적의 노래〉라는 4악장으로 된 교향곡을 구상하고 있어. 완성되면 이 잡지에 발표해서 꼭 모리스 라벨을 놀라게 만들겠어. 다시 말하지만, 실현하기 어려운 일이 아니야. 돈만 있으면 할 수 있어. 실현 불가능한 이유가 있다면 뭐가 있을까? 너도 이 화려한 상상을 있는 대로 펼쳐보는 게 좋을걸. 어때? (편지는 왜 항상 마지막에 건강을 빌어야 하는 거지? 머리가 나쁘고 글을 못 쓰고 화술이 형편없는 사람이 편지만큼은 잘 쓴다는 괴담이 있지.) 그런데 나는 편지를 잘 쓰는 것 같아, 못 쓰는 것 같아? 그럼 안녕!

좀 다른 이야기지만, 지금 잠깐 생각난 김에 쓸게. 케케묵은 질문이지. '안다는 것은 행복한 걸까?'

바바 가즈마

2. 해적

나폴리를 보고 나서 죽게!

'Pirate'라는 단어는 저작물을 표절한 사람을 가리킬 때도 사용되는데, 그래도 괜찮냐고 묻자, 바바는 즉시 그게 더 재미있지 않냐고 답했다. 《Le Pirate》. 잡지 이름이 일단 결정되었다. 스테판 말라르메나 폴 베를렌이 관여했던 《La Basoche》, 에밀 베르하렌 일파의 《La Jeune Belgique》, 그외에 《La Semaine》, 《Le Type》 등등. 모두 이국의 예술 정원에 핀 새빨간 장미꽃이다. 과거의 젊은 예술가들이 전 세계에 질문을 던졌던 기관 잡지. 그래, 우리도 해보는 거야! 여름 방학을 마치고 서둘러 도쿄로 돌아왔더니 바바의 해적 열정은 더욱 달아올라 있었고, 이윽고 나에게도 전염되어 우리는 만나기만 하면 《Le Pirate》에 관한 풍부한 상상, 아니, 구체적인 계획에 대해 논의했다. 봄과 여름, 가을, 겨울로 1년에 네 번씩 발행하기로 했다. 국판 인쇄로 60쪽에 전부 아트지로 인쇄하고, 회원은 해적 유니폼을 입어야 하며 가슴에는 반드시 그 계절에 맞는 꽃을 달아야 한다. 회원끼리만 통하는 암호도 만들었다. 절대 맹세하지 마, 행복이란? 심판하지 말지어다, 나폴리를 보고 나서 죽게! 등등. 동료는 반드시 이십대의 잘생긴 청년이어야 하며 한 가지라도 뛰어난

기량을 가져야 할 것, 《The Yellow Book》의 옛 지혜를 배워 오브리 비어즐리에 필적할 만한 천재적 화가를 찾아 삽화를 그리게 할 것이다. 국제문화진흥회 따위의 도움 없이도 다른 나라에 우리의 예술을 우리 손으로 알릴 것이다. 자본금은 바바가 이백 엔, 내가 백 엔, 그 외의 동료들에게 이백 엔 정도를 받을 예정이다.

동료 중 하나로, 바바가 자신의 친척 중에 사타케 로쿠로라는 도쿄미술학교 학생을 먼저 나에게 소개하기로 했다. 그날 나는 바바와의 약속대로 오후 네 시경, 우에노 공원의 기쿠가 있는 단술집에 갔다. 바바는 잔무늬가 있는 감색 홑옷에 두꺼운 무명 바지 등 마치 유신 시대의 옷을 연상시키는 복장을 하고 붉은 융단 위 평상에 앉아 나를 기다리고 있었다. 바바의 발치에는 새빨간 삼잎 무늬 허리띠를 묶고 하얀 꽃무늬 머리 장식을 한 기쿠가 쟁반을 들고 바바의 얼굴을 올려다보며 미동도 없이 웅크리고 앉아 있었다. 바바의 거무스름한 얼굴에는 서쪽으로 넘어가는 아스라한 햇빛이 닿아 빛났고, 저녁 안

개가 서서히 피어올라 두 사람의 몸 주변을 감싸고 있어 뭔가 신묘한 요괴 같은 분위기를 자아냈다. 나는 다가가서 "오셨네요?" 하고 바바에게 말을 걸었다. 기쿠는 아, 하고 작게 소리를 내며 몸을 일으키더니 나를 돌아보고 하얀 이를 드러내고 웃으며 인사하고는 동그란 뺨을 점점 붉혔다. 내가 조금 당황하여 얼떨결에 "아, 내가 실수한 건가?" 하고 말하자, 기쿠는 갑자기 정색하고는 묘하게 진지한 눈빛으로 내 얼굴을 바라보다가 등을 휙 돌리고 쟁반으로 얼굴을 감추며 가게 안쪽으로 달려가버렸다. 별일은 아니지만, 꼭두각시 인형을 움직이는 장면을 보는 듯한 기분이었다. 나는 의아하게 여기며 기쿠의 뒷모습을 멍하니 보다가 평상에 앉았다. 바바는 히죽히죽 웃으며 말했다.

"완전히 믿는 모습은 역시나 참 재미있군. 저 친구가 말이야." 바바는 백마교불행 찻잔을 계속 사용하기 창피했는지, 그것은 예전에 치워버리고 지금은 일반 손님들과 똑같이 가게의 청자 찻잔을 쓴다. 차를 한 입 마시고 "내 수염을 보면서 얼마 정도 지

나면 그렇게 자라냐고 묻더라고. 이틀이면 이렇게
된다, 자세히 봐봐라, 수염이 조금씩 자라나는 것을
육안으로도 알 정도라고 진지한 얼굴로 이야기했
더니 조용히 주저앉아서 내 턱을 접시처럼 커다란
눈으로 쳐다보는 거야. 깜짝 놀랐어. 무지해서 믿는
걸까, 똑똑해서 믿는 걸까? 믿음이라는 제목으로 소
설을 써볼까? A는 B를 믿어. 그런데 C와 D와 E, F,
G, H, 그밖에 수많은 인물이 잇따라 등장해서 온갖
수단을 동원해서 B를 모함해. 그렇지만 A는 여전
히 B를 믿어. 의심하지 않아. 전혀. 마음의 동요가
없어. A는 여자고 B는 남자야. 시시한 소설이겠군.
하핫." 바바는 뭔가 들떠 보였다. 나는 그의 말을 그
대로 듣기만 하지, 그의 속내를 딱히 추측할 생각이
없음을 당장 보여줘야겠다 싶었다.

  "재밌겠는데요? 써보면 어때요?"

  최대한 관심이 없는 듯한 말투로 묻고 눈앞의 사
이고 다카모리西鄕隆盛° 동상을 멍하니 바라봤다. 바

  ○ 에도 막부를 타도하고 메이지 유신을 성공시킨 인물. 우에노 공원
에 그의 동상이 있다.

바는 내게 도움을 받은 듯했다. 평소의 불만스러운 표정이 쉽게 되돌아온 것을 보니.

"하지만 난 소설을 못 쓰니까. 너는 괴담을 좋아했던가?"

"네, 좋아해요. 괴담이 제일 제 상상력을 자극하는 것 같아요."

"이런 괴담은 어때?" 바바는 아랫입술을 살짝 핥았다. "지성의 극치라는 건 분명 있는 것이거든. 머리털이 바짝 서는 무간지옥이지. 그곳을 조금이라도 들여다보면 사람은 한마디도 할 수 없게 돼. 글을 쓰더라도 원고지 구석에 자기 초상화나 끼적거리지, 한 글자도 못 써. 그러면서 그 사람은 세상에서 가장 무서운 어떤 소설을 몰래 기획해. 기획하자마자 전 세계의 소설이 갑자기 지루하기 짝이 없어지지. 그건 정말 무시무시한 소설이야. 예를 들면 모자를 비스듬히 써도 신경 쓰이고 깊숙이 눌러써도 뭔가 불안하고, 큰마음 먹고 벗어봐도 결국엔 이상한 느낌이 들 때, 사람은 어느 지점에서 안정을 얻느냐와 같은 자의식 과잉의 통일 문제 등에 관해서도 이 소설은 바둑판 위에 놓인 바둑돌과 같은 상쾌한 해결책을 제시하지. 상쾌한 해결? 아니, 무풍. 세공 유리컵. 백골. 그런 느낌의 맑디맑은 해결인 거지. 아니다, 그게 아니다. 어떤 형용사도 없이 그냥 '해결'이야. 그런 소설이 분명히 있거든. 하지만 사람은 일단 이 소설을 기획하는 날부터 점점 야위고 쇠약해지다가 결국엔 미치거나 자살하거나, 아니면 실어증에 걸리지. 라디게는 자살했다지. 콕토는 정신이 나가서 온종일 아편만 피웠다고 하고, 발레리는 10년 동안 말을 못했대. 단 하나의 소설을 둘러싸고 심지어 일본에서도 일시적으로 매우 비참한 희생자가 나온 거야. 실제로 말이지, 들어봐."

"저기, 저기." 어디선가 탁한 목소리가 바바의 이야기를 가로막았다. 깜짝 놀라 뒤를 돌아보니 바바의 오른쪽에 코발트색 교복을 입은 키가 매우 작은 청년이 가만히 서 있었다.

"너무 늦은 거 아니야?" 바바는 신경질적인 말투로 말했다. "이보게, 여기 제국대학 학생이 사노 지로자에몬이야. 이쪽은 사타케 로쿠로. 전에 말했던 화가야."

사타케와 나는 쓴웃음을 지으며 가볍게 눈인사를
나눴다. 사타케의 얼굴은 주름도 모공도 전혀 보이
지 않는, 반질반질하게 닦은 우윳빛 가면 같은 느낌
이었다. 눈동자는 초점이 불분명하며 유리로 만든
것 같았고, 코는 상아 세공처럼 차가웠고 콧날이 칼
처럼 날카로웠다. 눈썹은 버드나무 잎처럼 길고 가
늘었으며, 얇은 입술은 딸기처럼 붉었다. 그렇게 현
란한 용모와 비교하면 팔다리가 놀랄 만큼 가늘었
다. 키는 150센티미터도 안 될 것 같았고, 살이 없고
자그마한 두 손은 마치 도마뱀을 연상시켰다. 사타
케는 선 채로 노인네처럼 생기 없는 목소리로 소곤
소곤 말을 걸었다.

"바바에게서 이야기 자주 들었답니다. 힘든 일을
당했다고 들었는데 말이죠. 제법 대단한 분이구나,
싶었답니다." 나는 순간 욱해서 사타케의 눈부실 정
도로 하얀 얼굴을 다시 한 번 쳐다봤다. 상자처럼
표정이 없었다.

바바는 큰소리로 혀를 차며 "사타케, 그만 놀려.

그렇게 아무 감각 없이 사람을 놀리는 건 마음이 비열하다는 증거야. 욕할 거면 차라리 제대로 욕해야지."

"놀린 거 아니랍니다." 사타케는 조용히 대꾸하더니 가슴 주머니에서 보라색 손수건을 꺼내어 목 주위의 땀을 천천히 닦기 시작했다.

"에휴." 바바는 한숨을 쉬고 평상에 벌러덩 드러누웠다. "너는 말끝마다 말이죠, 답니다, 뭐 이런 걸 붙이지 않으면 말을 못 하는 거야? 어미마다 감탄사 같은 것 좀 붙이지 마. 살에 들러붙는 거 같아서 너무 싫어." 그건 나도 동감이었다.

사타케는 손수건을 곱게 접어 가슴 주머니에 집어넣으며 남일 말하듯 중얼거렸다. "나팔꽃 같은 면상이라고 욕할 줄 알았는데 말이죠."

바바는 벌떡 일어나서 조금 언성을 높였다. "너랑 여기서 말싸움하고 싶지 않아. 둘 다 제삼자를 계산에 넣고 불평하는 셈이니까. 안 그래?" 뭔가 내가 모르는 사정이 있는 듯했다.

사타케는 도자기같이 새하얀 이를 드러내며 생

굿 웃었다. "이제 나한테 볼일 끝난 건가?"

"응." 바바는 티가 나게 곁눈질을 하면서 아주 인위적으로 하품을 했다.

"그러면 나는 먼저 실례할게요." 사타케는 작은 목소리로 말하고 손목에 찬 금시계를 쓸데없이 오래 쳐다보며 뭔가 깊은 생각에 빠진 듯 보였는데, "히비야에 새로운 교향악을 들으러 갈 거예요. 고노에 히데마로近衛秀麿 °가 최근 상술이 늘었답니다. 내 옆자리에 항상 외국인 아가씨가 앉는데 말이죠, 최근에는 그게 그렇게 기대가 되더라고요" 하며 마치 쥐처럼 가벼운 몸놀림으로 쫄래쫄래 달려갔다.

"쳇, 기쿠! 맥주 한 잔 줘! 네가 좋아하는 놈이 돌아갔어. 사노 지로, 한 잔 마시자. 내가 하찮은 놈을 동료로 끌어들였군. 저 말미잘 같은 놈. 저런 놈하고 싸우면 아무리 발버둥을 쳐도 내가 저. 요만큼도 안 부딪치고 내가 날린 주먹에 철썩 들러붙는다니까." 바바는 갑자기 진지하게 소리를 죽이더니, "저놈은 천연덕스럽게 기쿠 손을 막 잡는다고. 저

○ 1898-1973년, 일본 교향곡의 선구자적 인물

8 5

런 놈들이 남의 아내를 쉽게 꼬드기더라니까. 실은 발기부전이 아닌가 싶기는 한데. 아, 이름만 친척이지 나랑 피 한 방울 섞이지 않았어. 난 기쿠 앞에서 저놈과 말싸움하고 싶지 않아. 지긋지긋한 기 싸움. 사타케가 얼마나 자존심이 센지 생각하면 난 매번 소름이 돋는다니까." 맥주 컵을 쥔 채로 깊은 한숨을 내쉬었다. "하지만 저 녀석의 그림만큼은 정당하게 인정해줘야 해."

나는 그냥 멍하니 듣고 있었다. 어둑어둑해지면서 형형색색의 등불이 켜지는 우에노 대로변의 혼잡한 풍경을 내려다보고 있었다. 그리고 바바의 혼잣말과는 천 리, 만 리나 떨어진 곳에서 시시한 감상에 빠져 있었다. "도쿄구나"라는 한 마디에 그치는 감상이었지만.

그런데 그 후로 엿새 정도 지나고 우에노 동물원에서 맥이라는 동물 한 쌍을 새로 들였다는 신문기사를 보고 문득 그게 보고 싶어져서 학교 수업을 마친 뒤 동물원에 갔다. 그때 물새가 있는 커다란 철제 새장 근처의 벤치에 앉아 스케치북에 뭔가를 그리고 있는 사타케를 발견했다. 별수 없이 옆으로 다가가 가볍게 어깨를 두드렸다.

"아아" 가볍게 소리를 내며 천천히 내 쪽으로 고개를 돌렸다. "아아, 누구신가 했네요. 깜짝 놀랐답니다. 여기 앉으세요. 지금 이 일을 서둘러 처리할 테니 그때까지 잠시만 기다려주세요. 하고 싶은 이야기가 있거든요." 사타케는 조금 데면데면한 말투로 이야기하고 연필을 고쳐 잡고 다시 스케치에 빠져들었다. 나는 그의 뒤에 서서 잠시 머뭇머뭇하다가 마음을 굳히고 벤치에 앉아 사타케의 스케치북을 슬쩍 엿봤다. 사타케는 바로 눈치챈 듯이, "펠리컨을 그리고 있어요" 하고 낮은 목소리로 말하면서, 펠리컨의 여러 모습을 무섭도록 거친 필치로 빠르게 따라 그렸다. "제 스케치를 한 장에 이십 엔 정도로 몇 장이든 사주는 사람이 있거든요." 혼자 싱글벙글 웃었다. "저는 바바처럼 헛소리를 하는 걸 싫어한답니다. 황성의 달 이야기는 아직 못 들으셨나요?"

"황성의 달……이요?" 나는 무슨 소리인지 알 수

87

없었다.

"아, 아직인 모양이군요." 펠리컨의 뒷모습을 종이 한구석에 커다랗게 그려 넣으며 "바바가 옛날에 다키 렌타로滝廉太郎°라는 익명으로 「황성의 달」이라는 곡을 만들어서 모든 권리를 야마다 고사쿠山田耕筰°°에게 삼천 엔에 팔아넘겼거든요."

"그 유명한 「황성의 달」, 그게 바바가 만든 거라고요?" 가슴이 뛰었다.

"거짓말이죠." 한바탕 바람이 불어 스케치북이 펄럭거렸고, 그 사이로 나체의 여인과 꽃 데생이 보였다. "바바의 헛소리는 유명하답니다. 또 교묘하죠. 누구나 처음에는 속아 넘어가요. 요제프 시게티는 아직인가요?"

"그건 들었습니다." 마음이 슬퍼졌다.

"그 후렴구 딸린 문장 말이죠?" 사타케는 뻔하다는 듯 말하고 스케치북을 탁 덮었다. "오래 기다리셨습니다. 조금 걸을까요? 하고 싶은 이야기가 있

○　1879-1903년, 일본의 국민 가곡인 「황성의 달(荒城の月)」의 작곡자
○○　1886-1965년, 작곡가. 일본에서 처음으로 관현악단을 만드는 등 서양 음악 보급에 힘썼다.

거든요."

오늘 맥 구경은 포기하자. 맥보다 더더욱 희한한 사타케라는 남자의 이야기에 귀를 기울이자. 물새가 있는 새장을 지나고 물개 수조 앞을 지나서 작은 산처럼 커다란 불곰이 있는 우리 앞에 다다랐을 때, 사타케는 이야기를 시작했다. 전에도 몇 번이나 이야기해서 다 외워버린 듯한 말투였다. 문장으로 옮기면 어느 정도 열기를 띤 말처럼 보이겠지만, 실은 특유의 탁하고 음침한 저음으로 술술 늘어놓았다.

"바바는 좀 심각해요. 음악을 모르는 음악가가 말이 되나요? 저는 그 녀석이 음악에 대해 논하는 것을 한 번도 들어본 적이 없습니다. 바이올린을 든 모습을 본 적도 없단 말이죠. 작곡은 어떻고요? 음표를 읽을 수나 있는지 모르겠네요. 가족들은 바바 때문에 매일 울어요. 음악학교에 들어간 것은 맞는지 그것조차 알 수가 없으니까요. 옛날에는 그래도 소설가가 되겠다고 공부한 적도 있었답니다. 그런데 책을 지나치게 읽은 나머지, 한 글자도 못 쓰게 되었다더군요. 웬 멍청한 소리인지. 최근에는 또 자의식 과잉이라는 말을 배웠는지, 뻔뻔하게 사방에 그 말을 하고 돌아다니는 모양이던데요. 저는 어려운 말은 못합니다만, 자의식 과잉이라는 건 예를 들면 길 양쪽에 몇 백 명 정도 되는 여학생이 길게 줄을 서 있는 사이로 제가 우연히 들어가게 되어 혼자서 천천히 지나갈 때 일거수일투족이 어색하고, 시선 둘 곳이며 고개 위치며 모든 것이 난처한 상황에서 발걸음이 분주해지는 그런 상황의 마음 같은 것 아닌가요? 만일 그게 맞다면, 자의식 과잉이라는 건 사실 칠전팔기와 같은 괴로움과 가까운 것이지, 바바같이 저런 헛소리를 늘어놓지는 못할 텐데 말이죠. 애초에 잡지를 내겠다며 들떠 있는 것 자체가 이상하지 않나요? 해적? 갑자기 웬 해적이죠? 왜 혼자 신이 난 거죠? 바바를 지나치게 믿으면 나중에 크게 후회할 거예요. 제가 분명히 예언하겠습니다. 제 예언은 잘 들어맞는답니다."

"하지만……."

"하지만요?"

"저는 바바 씨를 믿습니다."

"흐음. 그러신가요?" 사타케는 내가 온 힘을 다해 끌어낸 말을 아무런 표정 없이 흘려듣더니 대답했다. "저는 이번 잡지에 대해서도 철두철미하게 믿지 않거든요. 저에게 오십 엔을 내라고 하는데 말이 안 됩니다. 그냥 시끄럽게 일을 벌이고 싶은 겁니다. 성실함이 요만큼도 없어요. 아직 모르실 수도 있지만, 내일모레 바바와 저, 그리고 바바가 음악학교 선배에게 소개받아 알게 된 다자이 오사무라는 젊은 작가까지 셋이 당신의 하숙집을 가기로 했어요. 거기서 잡지의 최종 계획을 정해보자고 했거든요. 그때 우리가 되도록 흥미 없다는 듯한 표정을 하고 있으면 어떨까요? 그렇게 해서 논의에 찬물을 끼얹는 겁니다. 아무리 훌륭한 잡지를 만들었다 하더라도 세상은 우리를 그렇게 멋지게 봐주지 않을 겁니다. 뭘 얼마나 진행하든 어중간한 상태에서 내팽개칠 거예요. 저는 비어즐리가 아니라도 전혀 상관없어요. 열심히 그림을 그리고, 비싼 가격에 팔고, 놀 겁니다. 그걸로 충분해요."

이야기가 끝났을 때는 살쾡이 우리 앞이었다. 살

쾡이는 푸른 눈을 빛내며 등을 동그랗게 구부리고 우리를 가만히 쳐다보고 있었다. 사타케는 조용히 팔을 뻗어 피우고 있던 담뱃불을 살쾡이 코에 바싹 갖다 댔다. 사타케의 모습은 마치 바위 같았다.

3. 등용문

이곳을 지나면 하나에 2전짜리 소라가 있으려나

"뭔가, 말도 안 되는 잡지라고 하던데요."

"아니요, 평범한 팸플릿 같은 겁니다."

"바로 그렇게 나오시는군요. 당신에 관해서는 이야기를 정말 자주 들어서 잘 알고 있습니다. 지드와 발레리가 끽소리도 못할 잡지라고 했다면서요."

"놀리러 온 겁니까?"

내가 잠시 아래층에 가 있는 사이에 이미 바바와 다자이가 언쟁을 시작한 모양이었다. 아래에서 찻잔 등을 챙겨 방으로 들어오자 바바는 방구석에 있는 책상에 팔을 괴고 흐트러진 자세로 앉아 있었고, 다자이라는 남자는 바바와 대각선을 이루고 마주 앉아 반대쪽 벽에 등을 기대어 털이 수북한 가늘고 긴 정강이를 앞으로 뻗고 앉아 있었다. 둘 다 졸린 듯이 반쯤 감은 눈에, 매우 귀찮은 듯 느릿느릿한 말투였다. 하지만 속으로는 분노와 살의로 부글부글 끓어오르고 있는 눈초리와 말끝에 돋은 가시가 마치 어린 뱀의 혓바닥처럼 홀홀 불타고 있는 것을 나조차도 금방 눈치챌 수 있었다. 그만큼 험악한 분위기였다. 사타케는 다자이 바로 옆에서 줄곧 엎드려 너무나도 지루하다는 듯 눈동자를 휙휙 굴리면서 담배를 피우고 있었다. 처음부터 안 될 일이었다. 그날 아침, 내가 아직 자고 있을 때 바바가 하숙집에 쳐들어왔다. 오늘은 교복을 제대로 챙겨 입고 그 위에 커다란 노란색 비옷을 걸친 차림이었다. 바바는 비에 흠뻑 젖은 비옷을 벗지도 않고 내 방을 왔다 갔다 정신없이 돌아다녔다. 걸으면서 혼잣말처럼 중얼거렸다.

"이보게, 어서 일어나. 아무래도 심한 신경쇠약이

온 것 같아. 이렇게 비가 내리면 난 미쳐버릴 거야. 해적에 관한 생각만으로도 살이 빠지는데. 어이, 일어나라고. 금방 다자이 오사무라는 남자를 만났어. 학교 선배가 소설을 기가 막히게 잘 쓰는 남자라고 소개해줬는데, 이것도 운명이지. 동료로 삼기로 했어. 근데 다자이라는 녀석이 징글징글하게 싫어. 어, 말 그대로 싫은 놈이야. 혐오에 가까운 감정이야. 난 그런 남자랑은 육체적으로 맞지 않는 부분이 있는 것 같아. 머리는 빡빡 밀었는데, 그것도 뭔가 이유가 있어서 민 것 같아. 악취미지. 아, 맞아, 그리고 몸 주변에 이것저것 장식하는 게 취미인가봐. 소설가라는 건 다들 그런 느낌인가? 사색과 학구열, 열정 따위는 어디에 놓고 온 거지? 철저하게 뿌리부터 통속적인 작가야. 음침하고 반질반질 기름기가 흐르는 커다란 얼굴에, 코가, 앙리 드 레니에의 소설에서 딱 그런 코를 묘사한 것을 읽은 적이 있지. 위험하기 짝이 없는 코. 위기일발. 주먹코가 될 법한데 코 옆으로 난 깊은 주름이 도와주었다고 했던가. 레니에는 참 글을 잘 쓴단 말이야. 눈썹은 두껍고 짧고 새카맣고, 자신감이 없는 작은 눈을 덮어 감춰줄 정도로 무성하게 자랐더군. 이마는 아주 좁고 주름 두 줄이 선명하게 그어져 있지. 아주 볼품없어. 목은 두껍고 목덜미는 쓸데없이 둔한 느낌이야. 턱 아래에 벌겋게 여드름 흉터가 난 것도 세 개나 발견했어. 내 추측으로는 키는 172센티미터쯤이고, 몸무게는 56킬로그램 정도, 발은 275, 나이는 분명 서른이 안 되었을 거야. 아, 중요한 이야기를 빼먹었군. 심하게 등이 굽었어. 꼽추나 다름없다니까. 잠깐 눈을 감고 그런 남자를 상상해봐. 아니야, 거짓말이야. 다 새빨간 거짓말이야. 대사기꾼이지. 변장한 거야. 분명 그럴 거야. 하나부터 열까지 다 보여주기 위한 거야. 내 예리한 눈은 틀림없어. 듬성듬성하게 자란 게으른 수염. 아니, 그 녀석이 게으를 리 없지. 어떤 상황에서도 그럴 리가 없어. 일부러 노력해서 만든 수염일 거야. 아아, 난 대체 누구 이야길 하는 거지?! 보세요, 내가 지금 이러고 있고, 저러고 있습니다, 하고 일일이 설명을 붙이지 않으면 손가락 하나도 움직이지 못하고, 헛기침 한 번도 못해.

지긋지긋해! 그 녀석의 맨얼굴은 눈도 입도 눈썹도 없는 달걀귀신 같은 형상이야. 눈썹을 그리고 눈과 코를 붙인 다음 시치미를 떼는 거지. 심지어 그걸 자기 매력으로 생각한다니까? 쳇! 나는 그 녀석을 처음 봤을 때 곤약으로 만든 혀가 내 얼굴을 날름 핥은 것 같은 기분이었어. 생각해보면 이상한 구성원만 모았나봐. 사타케, 다자이, 사노 지로, 바바라니. 하하, 이 네 명이 가만히 서 있는 것만으로도 역사적이야. 그래! 나는 할 거야. 다 숙명인 거야. 얄미운 친구들이 모이는 것도 또 한 가지 재미지. 올해 1년만 《Le Pirate》에 내 모든 운명을 걸겠어. 거지가 되든지, 바이런이 되든지. 신이시여, 저에게 5펜스를 주세요. 사타케의 음모 따위 엿 먹어라!" 소리쳤다가 목소리를 죽이고, "일어나. 빗장문을 열어두자. 이제 곧 다들 여기로 올 거야. 오늘은 이 집에서 해적 사전 모임을 열려고 해."

나는 바바의 흥분에 이끌려 허둥지둥하다가 이불을 박차고 일어나 바바와 둘이 좀먹어 삐걱거리는 빗장문을 힘겹게 열었다. 동네 지붕 위로는 비안개가 자욱했다.

오후에 사타케가 왔다. 비옷도 모자도 없이 벨벳 소재의 바지에 하늘색 털실 재킷만 입고, 얼굴은 비에 젖은 채로 피부가 희한하게도 달처럼 푸르게 빛나고 있었다. 이 야광충은 우리에게 한마디 인사도 없이 녹아서 무너지듯 털썩 방 한구석에 드러누워 버렸다.

"짧게 하자. 난 피곤해."

바로 이어서 다자이가 장지문을 열고 느릿느릿 나타났다. 순간 나는 당황하여 온갖 부산을 떨고 시선을 피했다. 이건 안 되겠다 싶었다. 그의 풍채는 바바의 설명을 바탕으로 내가 그려본 좋은 인상과 나쁜 인상 중 나쁜 쪽과 아주 조금의 오차도 없이 완벽히 겹쳤다. 더더욱 안 되겠다 싶었던 것은 그때 다자이의 복장이 바바가 몹시도 싫어하는 느낌의 옷이라는 점이었다. 화려한 잔무늬가 박힌 겹옷에 통으로 염색한 넓적한 허리띠, 거친 격자무늬의 헌팅캡에다가 연노란색 비단 안감이 소매 너머로 살짝살짝 보였다. 다자이는 그 소매를 살짝 잡아 올

리더니 바닥에 앉았다. 창밖으로 보이는 경치를 바라보는 척하더니, "거리에 비가 내리는군." 마치 여자처럼 높은 목소리로 말하고, 우리 쪽을 돌아보며 충혈된 탁한 눈을 실처럼 가늘게 뜨고 얼굴을 찡그리며 웃어 보였다. 나는 방에서 뛰쳐나와 차를 가지러 아래층으로 내려왔다. 차를 끓일 도구와 쇠주전자 등을 들고 방으로 돌아왔더니 이미 바바와 다자이가 말싸움을 시작한 것이었다.

다자이는 삭발한 뒤통수에 두 손을 깍지 끼어 대고 "무슨 말을 하든 상관없습니다. 도대체 할 맘이 있는 겁니까?" 물었다.

"뭘 말입니까?"

"잡지. 할 거면 같이 해도 좋소."

"당신 대체 뭐하러 온 거요?"

"글쎄. 바람에 떠밀려 왔달까."

"미리 말해두는데, 명령과 경고와 농담, 그리고 그 실없는 웃음은 집어치우는 게 좋을 거요."

"그러면 반대로 묻지. 자네는 왜 날 부른 거요?"

"네 놈은 언제든 부르면 꼭 오나보지?"

"뭐, 그렇지. 그렇게 해야 한다고 스스로를 타이르거든요."

"먹고사는 게 가장 중요하다는, 뭐 그런 건가?"

"좋을 대로 생각하시죠."

"허허. 희한한 말투를 사용하시는군요? 아주 반항적이야. 필요 없소! 당신과 동료가 되느니 포기하겠다고 이야기하면 당신은 즉시 나를 얼간이로 여기겠지. 졌네, 졌어."

"자네도 나도 처음부터 얼간이요. 얼간이로 여기는 것도 아니고, 얼간이가 되는 것도 아니야."

"나는 존재한다, 이 커다란 거시기를 내놓고, 자, 이 대물을 어쩔 셈이냐, 하는 느낌이군. 내 참."

"지나친 표현일 수도 있지만, 너무 횡설수설하시는 것 같군요. 어디 몸이 안 좋은가? 뭐랄까, 자네들은 예술가의 역사만 알지, 예술가의 일에 대해서는 완전히 무지한 느낌이 듭니다만."

"비난하는 거요? 아니면 뭐, 연구 발표라도 하시는 건가? 그게 답안지요? 채점해달라는 거요?"

"……모욕이야."

"맞아. 횡설수설하는 게 내 특성이오. 아주 흔치 않은 특성이지."

"횡설수설의 간판급이군."

"회의론이 파탄에 이르렀군. 아아, 그만하게. 난 만담은 좋아하지 않아."

"자네는 자기 손으로 직접 만든 작품을 시장에 내놓은 후에 송곳처럼 가슴을 찌르는 슬픔을 잘 모르는 모양이군. 이나리稲荷신°에게 기도를 드리고 난 후에 몰려드는 공허함도 모르고. 자네들은 이제 문턱 하나를 막 넘었을 뿐이야."

"쳇, 또 설교로군. 난 당신 소설을 읽은 적은 없지만, 서정성과 위트, 유머, 인용, 기본자세 같은 걸 제거하면 아무것도 안 남는 통속소설을 쓰실 것 같은 기분이 드는군요. 난 당신에게서 정신을 못 느끼고 세속을 느끼오. 예술가의 기품을 못 느끼고 인간의 위장을 느끼오."

"압니다. 하지만 나는 살아가야 합니다. 잘 봐달라고 부탁하며 고개를 숙이는 것이 예술가의 작품

○ 곡물, 농업, 성공의 신. 신의 사자가 여우이며 공양물로 유부를 바친다.

인 것처럼 느껴질 정도지. 나는 요새 처세라는 것에 대해 생각하고 있소. 취미로 소설을 쓰지 않아. 어느 정도 신분이 있고 오락거리로 쓸 거라면 애초에 시작도 안 했겠지. 일단 시작하면 이게 잘 될지 안 될지 판단이 서. 하지만 시작하기 전에 이 소설이 지금 쓸 만한 가치가 있는지를 사방팔방으로 생각하다가 음, 음, 야단스럽게 시작할 건 아니라는 결론에 다다르고, 결국 아무것도 하지 않지."

"그런 심정을 가진 분이 왜 우리와 함께 잡지를 만들겠다는 거요?"

"이번에는 날 연구할 생각입니까? 분노를 터뜨리고 싶었소. 뭐든 상관없으니 절규하고 싶었거든."

"아, 그건 어떤 느낌인지 알 것 같군. 즉 방패를 들고 위세를 부리고 싶은 거죠? 하지만, 아니. 제대로 반항하지도 못하지."

"맘에 드는군. 나도 아직 내 방패를 갖지는 못했어. 전부 누군가에게 빌려온 것이지. 낡아빠졌다 하더라도 내 전용 방패가 있다면……."

"있어요." 나는 얼떨결에 끼어들고 말았다. "이미

테이션!"

"오, 사노 지로치고는 잘했군. 일생에서 최고로 멋졌어. 다자이 씨. 콧수염 무늬의 은도금 방패가 당신에게 잘 어울릴 것 같군. 아니, 다자이 씨는 이미 아무렇지 않게 그 방패를 들고 자세를 취하고 계시군. 우리만 알몸이야."

"이상한 소리 같겠지만, 당신은 벌거벗은 산딸기와 잘 치장해서 시장에서 파는 딸기 중 뭐에 더 긍지를 느끼지? 등용문이라는 것은 사람을 시장에 일직선으로 세워서 내보내는, 겉은 보살 같지만 속은 야차나 다름없는 지옥문이오. 하지만 나는 잘 치장한 딸기의 슬픔을 알고 있지. 그래서 요새 그것을 귀히 여기기 시작했소. 난 도망치지 않겠어. 데려가는 데까지 가보려고." 다자이는 입을 일그러뜨리며 괴로운 듯이 웃었다. "그러다 자네도 정신을 차리고 보면……"

"아아, 그만." 바바는 오른손을 코앞에서 힘없이 흔들며 다자이의 말을 가로막았다. "정신을 차리면 우리는 살아 있지 못할 걸세. 어이, 사노 지로. 그만두자. 시시해. 자네에겐 미안하지만 난 관두겠어. 난 남의 먹이가 되고 싶지 않거든. 다자이에게 먹일 유부는 다른 곳에서 찾아봐. 다자이. 해적 클럽은 오늘로 해산이야. 그 대신" 바바는 자리에서 일어나 터벅터벅 다자이에게 다가가, "괴물 같은 놈!"

다자이는 오른뺨을 얻어맞았다. 맨손으로 쩌렁쩌렁 소리가 울리도록 맞았다. 그 순간 다자이는 그야말로 어린아이처럼 울상을 지었다가 바로 거무칙칙한 입술을 꾹 다물고 거만한 자세로 고개를 쳐들었다. 나는 문득 다자이의 얼굴이 멋지다고 느꼈다. 사타케는 눈을 살짝 감고 자는 척을 하고 있었다.

비는 밤이 되도록 그치지 않았다. 나는 바바와 둘이서 혼고本鄕에 있는 어두침침한 어묵집에서 술을 마셨다. 처음에는 둘 다 죽은 듯이 조용히 술만 마셨지만, 두 시간 정도 지나고 바바는 조금씩 입을 열기 시작했다.

"사타케가 다자이를 포섭한 게 분명해. 하숙 앞까지 둘이 같이 왔더라고. 그 정도는 해내는 남자야. 난 다 알아. 사타케가 뭔가 몰래 이야기하지 않앗어?"

"했어요." 나는 바바의 잔에 술을 따랐다. 어떻게든 위로하고 싶었다.

"사타케는 나한테서 자네를 빼앗으려고 한 거야. 딱히 이유는 없어. 그 녀석은 이상한 복수심을 품고 있어. 나보다 대단해. 아니, 나로서는 잘 모르겠군. 아니, 어쩌면 별것도 아닌 비열한 녀석일 수도 있지. 그래, 그런 걸 두고 세상은 보통 남자라고 하겠지. 하지만 이젠 됐어. 잡지를 때려치우니 후련하군. 오늘 밤은 베개를 높이 쌓고 편안하게 잘 수 있겠어! 심지어 머지않아 가족에게 의절 당할지도 몰라. 아침에 눈 뜨면 오갈 데 없는 거지야. 잡지 같은 건 처음부터 생각도 없었어. 자네가 좋아서, 자네랑 함께 있고 싶어서 해적이니 뭐니 헛소리를 해댄 거야. 자네가 해적에 대한 상상으로 가슴 벅차하면서, 갖가지 계획을 이야기할 때의 살아 있는 눈빛이 나의 유일한 삶의 보람이었어. 이 눈을 보기 위해 오늘까지 살아왔던 거구나, 싶었어. 나는 진정한 사랑이라는 걸 자네에게 배우고 처음으로 알게 된 것 같은 기분이 들어. 자네는 투명하고, 순수해. 게다가 예쁘게 생겼지! 난 자네 눈동자 속에서 융통성의 극치를 본 것 같은 기분이야. 맞아, 지성이라는 우물의 바닥을 들여다본 건 내가 아니라 다자이도 아니고 사타케도 아니야. 자네야! 의외로 자네였어. 쳇! 내가 왜 이렇게 떠들고 있는 거지? 경박해. 미친 거지. 진정한 사랑이라는 건 죽을 때까지 비밀로 해야 해. 기쿠가 나에게 가르쳐줬지. 아, 빅뉴스 말해줄까. 뭐, 어쩌겠어. 기쿠가 널 좋아해. 사노 지로한테는 죽어도 말 못 한다느니, 죽을 만큼 좋아한다느니, 그런 역설적인 말을 하면서 사이다 한 병을 내 머리 위에 쏟아붓고는 꺄아악 하고 미친 사람처럼 웃더라고. 자네는 어때? 누가 제일 좋아? 다자이? 음, 사타케? 에이, 설마, 그렇지? 나……."

"나는" 나는 숨김없이 털어버리자 싶었다. "다 싫어요. 기쿠만 좋아요. 강 너머에 있었던 여자보다 기쿠를 더 먼저 알고 지낸 기분이 들 때도 있거든요."

"뭐, 좋아." 바바는 그렇게 중얼대고 미소 짓다

가, 갑자기 왼손으로 얼굴을 감싸고 오열하기 시작했다. 마치 연극 대사 같은 일종의 리드미컬한 말투로, "나 지금 우는 거 아니야. 가짜로 우는 거야. 거짓 눈물이라고. 에라이! 다들 그렇게 이야기하고 웃으면 돼. 난 태어날 때부터 죽을 때까지 헛소리를 이어가겠어. 나는 유령이야. 아아, 나를 잊지 말아줘! 나에겐 재능이 있어. 「황성의 달」을 작곡한 게 누군데! 내가 다키 렌타로가 아니라고 말하는 녀석이 있어. 그렇게까지 사람을 의심할 필요가 있어? 좋아, 거짓말이라고 치지, 뭐. 아니, 하지만 거짓말이 아닌걸. 옳은 건 옳다고 고집해야 해. 절대로 거짓말이 아니야."

나는 홀로 흐느적흐느적 밖으로 나왔다. 비가 내리는군. 거리에 비가 내려. 아아, 이건 조금 전 다자이가 중얼거렸던 말인 것 같은데. 그렇군, 난 피곤해. 짧게 하자. 아! 나도 모르게 사타케의 말투를 따라 했군. 쳇, 아아, 혀 차는 소리까지 바바와 비슷해진 것 같아. 그런 생각을 하다가 나는 황량한 의심에 휩싸이기 시작했다. 나는 대체 누구지? 생각하다가 몸에 전율이 일었다. 나는 그림자를 도둑맞았다. 뭐가 융통성의 극치란 말인가! 나는 앞을 향해 달렸다. 치과, 새 매장, 군밤 가게, 베이커리, 꽃집, 가로수, 헌책방, 서양관. 달리면서 나는 내가 뭔가 중얼중얼 낮게 읊조리고 있는 것을 발견했다. 달려라, 전차야! 달려라, 사노 지로! 달려라, 전차! 달려라, 사노 지로! 엉망진창인 호흡으로 반복하고 반복해서 노래했다. 아, 이건 나의 창작이야. 내가 만든 유일한 시라고! 형편없기 짝이 없군! 머리가 나쁘니 고생을 하지. 형편없으니 고생을 하는 거야. 불빛. 폭음. 별. 나뭇잎. 신호. 바람. 아앗!

4.

"사타케. 어제 사노 지로가 전차에 치여 죽은 거 들었어?"

"알아. 오늘 아침 라디오 뉴스로 들었어."

"그 자식…… 용케 재난에 말려들었군. 나는 목이

라도 매달아야 끝날 것만 같은데."

"그렇게 네가 제일 오래 살 거야. 내 예언은 잘 맞는다고. 바바."

"왜."

"여기 이백 엔. 펠리컨 그림이 팔렸거든. 사노 지로 씨와 놀아볼까 싶어서 열심히 이만큼 모았는데."

"나한테 줘."

"좋아."

"기쿠. 사노 지로가 죽었어. 응, 사라졌다고. 아무리 찾아봐야 소용없을걸. 그만 울어."

"네."

"백 엔 줄게. 이걸로 예쁜 옷이랑 허리띠를 사면 분명 사노 지로를 잊을 수 있을 거야. 물은 어디에 담느냐에 따라 달라지는 법이지. 이봐, 사타케. 오늘 밤은 둘이 사이좋게 놀자. 내가 좋은 곳으로 안내해줄게. 일본에서 제일 좋은 곳이야. 이렇게 함께 살아간다는 건 뭔가 정겨운 일인 것 같기도 하군."

"인간은 다 죽기 마련이지."

현실의 끝, 지독한 유머
— 다자이 오사무에 대하여

안민희 / 옮긴이

2009년은 다자이 오사무 탄생 100주년이었고, 2018년은 다자이 오사무 사후 70주기였다. 원체 그의 작품은 스테디셀러 자리에서 내려오지 않지만, 최근 10여 년간 재조명받는 기회가 많았다. 한국에서는 다자이 오사무 전집이 출판되고, 세련된 디자인을 입힌 단편집과 수필집이 나왔다. 일본에서는 자국을 대표하는 작가인 만큼 그의 작품이 새롭게 영화화되었다. 다자이를 캐릭터화한 애니메이션이 인기를 끌었다. 다양한 기획서도 등장했다.

특히 2015년도 '아쿠타가와芥川 문학상'을 수상하며 화제를 모은 개그맨 마타요시 나오키又吉直樹가 "다자이를 존경한다"고 해서 더욱 주목받았다.(다자이가 생전에 '아쿠타가와 상'을 절실하게 원했지만 받지 못했다는 사실도 한몫했을 것이다.) 마타요시는 다자이의 소설을 읽으면 "웃음이 난다"면서 그의 유머 코드를 대중에 각인시켰다. 사실 다자이의 소설을 읽으며 키득거리는 것이 새삼스러운 발견은 아니다. 하지만 다자이에게 꼬리표처럼 따라붙던 자살, 고뇌의 이미지에서 벗어나(완전히 벗어던질 수는 없겠지만) 새로운 세대의 '다자이 오사무 다시 읽기'로 보이기에 충분했다.

물론 그러한 유머는 읽는 사람의 성향에 따라 다양한 수준으로 다가올 것이다. 다자이 유머의 특징은 「비용의 아내」에서 술집 주인의 심각한 이야기를 듣다가 오타니의 부인이 자신도 모르게 웃음을 터뜨리는 느낌과 비슷하다. 웃으면 안 될 것 같은 분위기인데 웃음이 새어 나와서 곤혹스러운 그런 유머다. 분명 유머인데 차마 웃지 못할 분위기를 만드는 이유는 다자이를 끊임없이 괴롭혔던 아픔 때문일 것이다.

다자이를 오랫동안 힘들게 한 것은 자신의 가문이었다. 그의 본명은 쓰시마 슈지津島修治다. 아오모리青森 현에서 손꼽히는 대지주인 쓰시마 가문의 여섯째로 태어났다. 아버지는 중의원 의원과 귀족원

의원을 지냈다. 형도 훗날 아오모리 현 지사가 되었다. 가문의 지위와 여섯째라는 위치에서 오는, 굳이 잘날 것도 없지만 못나서도 안 된다는 묘한 압박감이 그의 몇몇 수필에 드러난다.

"우리 가문에는 단 한 명의 사상가도 없고 학자도 없다. 단 한 명의 예술가도 없다. 벼슬아치도 장군조차 없다. 실로 평범한, 그냥 시골의 대지주였을 뿐이다. (……) 하지만 이 가문에는 복잡하고 어두운 부분이 한 군데도 없었다. 재산 싸움 따위도 없었다. 다시 말하면, 그 누구도 추태를 부리지 않았다. 지역에서 가장 품위 있는 집으로 손꼽힐 정도였다. 이 가문에서 남들이 손가락질할 만한 멍청한 짓을 저지르는 건 나한 사람뿐이었다."

—「고뇌의 연감苦悩の年鑑」

"내가 작품을 통해 내 가문을 자랑하는 것처럼 여겨질 수도 있지만, 오히려 내 집의 실제 크기보다 훨씬 작게, 거의 절반, 아니, 그보다 더 자제해서 이야기했을 정도입니다. 하나를 보면 열을 안다고, 그것 때문에 어쩐지 사람들이 항상 나를 비난하고 적대시하는 것만 같다는 공포감이 저를 쫓아다녔습니다. 그렇기에 일부러 열등생처럼 굴었고, 어떤 지저분한 짓이라도 태연하게 하려고 마음먹었습니다."

— 「내 반생을 이야기하다 わが半生を語る」

다자이가 집안의 기대와 외부의 시선을 모두 신경 썼음을 알 수 있다. 어릴 적에는 비교적 우등생으로 살았지만, 무거운 존재였던 아버지가 세상을 떠나고, 존경하던 작가였던 아쿠타가와 류노스케 芥川龍之介마저 사망하자 다자이는 충격을 받고 유곽을 오가며 방황하는 나날을 보낸다.

1920년대 중반부터는 당시 유행하던 프롤레타리아문학의 영향으로 마르크스주의에 빠진다. 그의 고민도 복잡해진다. 1929년 다자이는 첫 자살을 시도한다. 이때 자살을 시도했던 이유를 다음과 같이 밝힌 바 있다.

　"부자는 모두 나쁘다. 귀족은 모두 나쁘다. 돈
이 없는 천민만이 옳다. 나는 무장봉기에 찬성한
다. 기요틴이 없는 혁명은 의미 없다. 하지만 나
는 천민이 아니다. 나는 기요틴에 걸리는 쪽이다.
나는 열아홉 살 난 고등학교 학생이었다. 반에서
나 혼자 눈에 띄게 화려한 옷을 입고 있었다. 죽
는 것 말고는 방법이 없을 것 같았다."
　─「고뇌의 연감」

　자신의 사상을 방해하는 것이 다름 아닌 자신의
존재였다. 다자이는 그 상황을 극복하려고 했지만,
운동 계열에서는 그를 '돈줄'로 취급했다. 가족들
은 그의 사상 경도를 경계했다. 다자이는 형의 설득
으로 좌익운동을 포기했다. 그러나 마르크스주의
의 상실에서 비롯한 불안에 빠졌다. 자아의 혼란을
이어가면서 '다자이 오사무'라는 필명으로 본격적
인 소설가의 길을 걷는다.

1935년, 「역행逆行」이 아쿠타가와 상 후보에 올랐지만 수상하지 못했다. 아이러니하게도 다자이가 수상을 간절히 바랐던 이유는 돈 때문이었다. 그는 돈이 필요했다. 다자이는 파비날이라는 마약성 진통제에 중독되어 약값이 필요했다. 하지만 심사위원이었던 가와바타 야스나리川端康成는 다자이가 낙선한 이유로 "작가의 최근 생활에 음울한 구름이 가득하여 재능을 있는 그대로 발휘하지 못하는 아쉬움이 있다"고 평가했다. 문학적 평가가 아닌 사생활에 대한 비판은 다자이에게 큰 상처가 되었다. 약물 중독 증세도 심해지면서 동료들이 정신과 병동에 그를 입원시켰다. 이때의 경험이 다자이에게 '인간실격'의 충격을 주었다.

"인권이라는 말을 떠올린다. 이곳의 환자들은 모두 인간의 자격을 벗겨낸 상태다."
— 「HUMAN LOST」

그러한 절망의 심연에서 그가 선택한 길은 다자

이 만년의 대표작인 「인간실격人間失格」의 주인공 오바 요조의 길이었다.

"그래서 생각해낸 것이 광대 노릇이었습니다. 그것은 인간에 대한 저의 마지막 구애였습니다. 저는 인간을 극도로 두려워하면서, 그러면서도 인간을 도저히 포기할 수 없었던 것이겠지요. 그래서 저는 광대 노릇이라는 선에서 아주 조금이나마 인간과 이어질 수 있었던 겁니다. 겉으로는 끊임없이 미소를 지어 보이지만, 속으로는 필사적으로 그야말로 천 번에 한 번 성공할까 말까 싶은 위기일발의, 사력을 다한 서비스였습니다."

광대 노릇, 즉 유머는 그의 고통을 잊기 위한 도구가 아니었다. 그것은 이어져 있기 위한 도구였다. 유머는 억지로 지어내는 것보다 현실을 있는 그대로 보여주며 극대화된다. 다자이는 많은 작품에 자신을 투영한 인물을 등장시킨다. 「비용의 아내」의 오타니는 물론, 「다스 게마이네」에서는 바바, 심지어 자신의 이름을 붙인 인물까지 등장시킨다. 인물들의 헛짓거리를 보고 있자면 오타니의 부인이나 사노 지로자에몬의 심정이 이해되어 울분이 터져야 마땅하다. 하지만 오히려 그들은 아무런 포장 없이 묘사되기에 믿게 느껴지지 않는다. 그들이 터뜨리는 솔직한 심정이 애처롭고 우스워 나도 모르게 터져 나오는 웃음. 마치 '예능의 끝은 다큐멘터리'라는 우스갯소리가 사실적으로 들릴 만큼 다자이의 유머는 단순함 그 이상을 지향한다. 그것이 일종의 블랙 유머라고 한다면, 블랙 유머 가운데서도 가장 극한의 범주에 속하는 유머가 아닐까 싶다.

다자이 문학에 붙는 주석은 한두 가지가 아니다. 그중에서 '유머'는 지금까지 다자이의 작품에 따라 붙던 '청춘의 열병' '고뇌의 기수' 같은 수식어와 가장 거리 있는 시점이다. 다자이를 새롭게 읽는 기회다. 조금 장황한 감이 있지만, 마지막으로 다자이는 독자의 감상은 둘째 치고 결코 주석을 바란 적이 없다는 반전으로 마무리하려 한다.

"나는 내 작품을 별로 인정하지 않으며, 남의 작품도 그다지 인정하지 않는다. 내가 지금 생각하는 것을 솔직히 말하면 사람들은 즉시 나를 미친놈으로 취급할 것이다. 미친놈 취급은 싫다. 결국 나는 침묵할 수밖에 없다. (……) 내 작품을 이야기하는 것이 싫다. 자기혐오에 빠진다. '네 아이에 관해 이야기하라'고 하면, 시가 나오야志賀直哉, 1883-1971. 소설가. 소설의 신이라 불렸다 쯤 되는 달인이라도 분명 조금은 주저할 것이다. 잘하는 아이는 잘해서 예쁘고, 서투른 아이는 서투른 게 안쓰러워서 예쁘다. 그 사이에 자리한 미묘한 감정을 실수 없이 전달하기란 너무나도 어려운 일이다. 그걸 굳이 이야기해보라고 하는 것도 지독한 짓이다. 나는 내 작품과 함께 산다. 나는 언제나 하고 싶은 이야기는 작품 속에서 했다. 달리 하고 싶은 말은 없다. 그 작품이 거부당한다면 그걸로 그만이다."

—「내 작품을 이야기하다自作を語る」

참조

위키피디아 일본 '太宰治'

네이버 지식백과 '다자이 오사무'

「다자이 오사무-다스 게마이네론: 재생하는 문학」, 이시하라 미즈키石原みずき, 《모즈국문百舌鳥国文 14권, p.31-42》, 2001.03.31. 오사카여자대학대학원 국어학국문학전공 재원생회

사후 70년, 작가 다자이 오사무를 낳은 '세 개의 공백기', 《요미우리讀賣신문》, 2018.6.11.(https://www.yomiuri.co.jp/fukayomi/20180608-OYT8T50003/4/)

작가 연보

다자이 오사무

<u>1909년(1세)</u> 6월 아오모리 현 기타쓰가루北津軽 군 가나기마치金木町에서 출생. 아버지 겐에몬源衛門은 귀족원의원 활동으로 인해 도쿄에 있었고 어머니 다네タネ는 병약했기에 태어났을 때부터 보모와 친척 손에 자랐다.

<u>1916년(8세)</u> 4월 가나기 제일심상소학교에 입학. 성적은 매우 우수했다고 한다.

<u>1923년(15세)</u> 3월 아버지가 도쿄에서 폐암으로 사망. 4월 아오모리 현립 아오모리 중학교에 입학하며 집을 떠나 하숙 생활을 시작한다.

<u>1925년(17세)</u> 아쿠타가와 류노스케芥川龍之介, 시가 나오야志賀直哉 등을 즐겨 읽었다. 반 친구들과 동인잡지를 만들고 소설, 희곡, 에세이를 발표하는 등 소설가를 지망하게 되었다.

<u>1927년(19세)</u> 히로사키弘前 고등학교 문과에 입학. 7월 아쿠타가와 류노스케의 자살에 큰 충격을 받는다. 9월 아오모리의 기녀 오야마 하쓰요를 알게 된다.

<u>1928년(20세)</u> 동인잡지 《세포문예細胞文芸》를 창간하고 쓰시마 슈지辻島衆二라는 필명으로 당시 유행이었던 프롤레타리아

문학의 영향을 받아「무간나락無間奈落」을 발표한다.

1929년(21세) 12월 수면제로 자살을 기도한다.

1930년(22세) 3월 히로사키 고등학교를 졸업한다. 4월 프랑스 문학에 대한 동경으로 도쿄제국대학 불문과에 입학하여 도쿄로 올라온다. 오야마 하쓰요와 결혼하려 하지만 집안의 심한 반대로 좌절한다. 11월 호스티스 다베 시메코田部シメコ와 가마쿠라에서 동반 자살을 기도한다. 시메코만 사망하면서 자살방조죄로 검찰 조사를 받았지만, 형제들의 도움으로 기소유예 처분을 받았다.

1931년(23세) 오야마 하쓰요와 동거를 시작한다.

1933년(25세) 《선데이 도오サンデー東奧》에 단편「열차列車」를 다자이 오사무라는 필명으로 발표

1934년(26세) 12월 단 가즈오檀一雄, 기야마 쇼헤이木山捷平, 나카하라 주야中原中也 등과 문예지《푸른 꽃青い花》을 창간하지만 창간호를 발표하고 휴간한다.

1935년(27세) 3월 신문사 입사시험에 떨어지고 가마쿠라에

서 목을 매달아 자살하려다 실패. 8월 「역행」으로 제1회 아쿠타가와 상 수상에 실패하고, 심사위원이었던 가와바타 야스나리와 언쟁을 벌인다. 그 후 심사위원이었던 사토 하루오佐藤春夫의 자택을 방문하고 그를 사사하기로 한다. 9월 학비 미납으로 대학에서 제적당한다.

1936년(28세) 6월 첫 단행본 『만년晚年』을 간행한다. 10월 마약성 진통제인 파비날 중독을 치료하기 위해 무사시노武蔵野 병원에 입원한다. 11월 퇴원.

1937년(29세) 3월 오야마 하쓰요가 다자이의 친척인 고다테 젠시로小館善四郎와 밀통한 것을 알고 오야마와 동반 자살을 시도했다가 미수로 끝나고 이별했다.

1939년(31세) 1월 소개로 만난 이시하라 미치코石原美知子와 결혼한다. 9월 정신적으로 안정을 되찾고 「여학생女生徒」, 「달려라 메로스走れメロス」 등 훌륭한 단편을 발표하고 높은 평가를 받으며 원고 의뢰가 급증한다.

1941년(33세) 징용령을 받지만, 신체검사에서 폐습윤 판정을 받고 면제되었다. 태평양전쟁 중에도 「쓰가루津軽」, 「신 햄릿新ハムレット」 등 왕성한 작품 활동을 이어간다. 오오타 시즈코

太田静子라는 여성과 사귀며 지냈다.

<u>1945년(37세)</u> 3월 도쿄 대공습으로 처가가 있는 고후^{甲府}로 피신한다. 7월에는 공습이 고후까지 확대되며 처갓집이 전소한 탓에 가족을 데리고 쓰가루의 생가로 돌아간다.

<u>1946년(38세)</u> 11월 가족과 함께 도쿄로 복귀

<u>1947년(39세)</u> 2월 오오타 시즈코와 재회하고 그의 대표작 중 하나인 「사양斜陽」을 썼다. 3월 야마자키 도미에山崎富栄를 만난다. 12월 「사양」은 베스트셀러가 되어 '사양족'이라는 유행어가 탄생한다. 오오타 시즈코와의 사이에서 딸이 태어난다.

<u>1948년(40세)</u> 5월 「인간실격」을 완성한다. 6월 야마자키 도미에와 다마가와玉川 강에 빠져 동반 자살한다. 그들의 시신은 공교롭게도 다자이의 생일인 6월 19일에 발견되었고, 이날은 다자이가 자살 직전에 완성한 단편 「앵두桜桃」의 이름을 붙여 '앵두기일'이라고 불리게 되었다.

비용의 아내

초판 1쇄 인쇄 2020년 9월 20일
초판 1쇄 발행 2020년 9월 25일

지은이 다자이 오사무
옮긴이 안민회

펴낸이 윤동희

편집 김민채 황유정
디자인 석윤이
제작처 교보피앤비

펴낸곳 (주)북노마드
출판등록 2011년 12월 28일 제406-2011-000152호

주소 08012 서울특별시 양천구 목동서로 280 1층 102호
전화 02-322-2905
팩스 02-326-2905
전자우편 booknomad@naver.com
인스타그램 @booknomadbooks

ISBN 979-11-86561-67-6 04830
       979-11-86561-56-0 (세트)

○ 이 책의 판권은 지은이와 (주)북노마드에 있습니다.
이 책 내용의 전부 또는 일부를 재사용하려면 반드시 양측의 서면 동의를 받아야 합니다.

○ 이 도서의 국립중앙도서관 출판예정도서목록(CIP)은 서지정보유통지원시스템
홈페이지(http://seoji.nl.go.kr)와 국가자료공동목록시스템
(http://www.nl.go.kr/kolisnet)에서 이용하실 수 있습니다.
(CIP 제어번호: CIP2020009308)

www.booknomad.co.kr

북노마드